Poèmes à apprendre par cœur

Anthologie, dossier et notes réalisés par
Hélène Fieschi

Lecture d'image par
Pierre-Olivier Douphis

folioplus classiques

Ancienne élève de l'École normale supérieure de Fontenay-Saint-Cloud, **Hélène Fieschi** est agrégée de lettres modernes. Elle enseigne à l'École alsacienne à Paris. Elle a publié en « Folioplus classiques » l'accompagnement pédagogique du *Mystère de la chambre jaune* de Gaston Leroux et l'anthologie *Combats du XXe siècle en poésie*.

Pierre-Olivier Douphis est docteur en histoire de l'art contemporain de l'Université Paris IV-Sorbonne. Il a écrit des articles dans la *Gazette des Beaux-Arts*, le *Bulletin du Musée Ingres*, le *Musée critique de la Sorbonne*. Il est co-fondateur de la revue en ligne *Textimage*. Il écrit une étude sur une œuvre de Fra Angelico à paraître prochainement.

Sommaire

Poèmes à apprendre par cœur

Introduction

Vous avez acheté une anthologie de poèmes « à apprendre par cœur ». Peut-être y avez-vous été contraint, sûrement par un professeur. Vous êtes un peu réticent ? Ça sert à quoi d'apprendre par cœur ? Avoir une bonne note en français, à sa récitation ?

Par cœur… quelle belle expression pour dire ce travail de mémorisation… Connaître un texte par cœur, c'est en avoir pesé chaque mot, s'être interrogé sur chaque pause, chaque signe de ponctuation, chaque construction syntaxique. S'être mis à la place de l'écrivain qui compose et cherche l'expression la plus juste, la plus belle. C'est un peu récrire le texte, se l'approprier, le digérer pour le faire sien, afin que de lui aucun secret ne nous échappe, qu'il coule de nous comme une conversation « naturelle », comme une évidence.

Pour apprendre, rien de tel que la répétition à l'infini, le martèlement… mais il arrive toujours qu'un passage soit immédiatement su, alors qu'un autre nous résiste, jusqu'à la fin parfois. Et alors qu'on croyait le texte appris, enfin, on achoppe encore sur un mot, une tournure où réside le mystère de l'expression, de l'œuvre d'art. Car il est bon que l'œuvre ne nous appartienne pas totalement, qu'elle nous reste toujours un peu étrangère, pour qu'elle continue à exercer sur nous une fascination intacte.

Connaître un texte par cœur, c'est l'avoir dans son cœur, dans sa tête… de sorte que, parfois, alors qu'on s'y attend le moins, il ressurgisse de notre mémoire une bribe de vers, une strophe qu'on croyait oubliées, mais qui étaient là, dormant, en nous, et que la vie a rappelées...

Mais attention ! un poème appris ne l'est jamais définitivement, il faut toujours le réapprendre, à l'infini, remettre l'ouvrage sur le métier, c'est une leçon d'humilité que cette mémoire nous impose, par sa possible défaillance.

Et pour quoi faire apprendre par cœur ? Pour avoir en soi, avec soi, des morceaux de musique qui chantent à notre oreille, des morceaux précieux, travaillés, ciselés, par de grands artistes, des hommes qui ont passé des heures à peser des sons, des rythmes et des sens pour offrir aux lecteurs ces « perles de la pensée ». Pour qu'un jour, elles jaillissent en vous, (re)nées du hasard ou de la rencontre signifiante avec un moment qui vous appartient et qui, désormais, résonnera à jamais de façon autre... quand votre singulier rencontre l'universel du poème...

Apprendre par cœur, c'est aussi l'antichambre d'une autre histoire, d'une expérience qui se révèle féconde : la récitation, autrement dit la « mise en voix » du texte, le moment où, après l'avoir si parfaitement intériorisé, il va falloir l'expulser pour le communiquer aux autres, à un auditoire. C'est là que la poésie prend tout son sens, quand elle est prononcée, murmurée, ou criée, quand elle devient théâtre, chanson ou confidence, quand elle se parle et s'échange, quand l'inflexion d'une voix timide ou habitée redonne vie à des mots qu'on croyait morts à jamais et qui retrouvent soudain leur capacité originelle à nous émouvoir.

Apprendre des poèmes, c'est donc s'ouvrir aux autres et en apprendre sur soi, c'est aussi s'approprier un patrimoine culturel et littéraire, des poèmes que vos parents et même vos grands-parents ont peut-être appris eux aussi ; mais il se peut aussi que vous soyez leur initiateur en les leur récitant, pourquoi pas ?

En tout état de cause, nous vous souhaitons à l'orée de cette lecture beaucoup de plaisir, un plaisir immédiat — celui que donne l'épreuve surmontée du texte résistant à la mémorisation — et surtout un plaisir différé, mystérieux, incommensurable : que ces mots germent en vous, vous irriguent et vous accompagnent tout au long de votre vie…

CHARLES D'ORLÉANS (1394-1465)

Grand seigneur pour qui la poésie n'est pas un simple passe-temps aristocratique. Il porte la tradition courtoise à son plus haut degré de raffinement. Il passe vingt-cinq ans en captivité après la bataille d'Azincourt, en 1415. Il se retire ensuite à Blois, où il vit entouré d'une cour brillante, d'artistes et de poètes.

Rondeau de printemps

Le temps a laissé son manteau
De vent, de froidure et de pluie,
Et s'est vêtu de broderie,
De soleil luisant, clair et beau.

Il n'y a bête ni oiseau
Qu'en son jargon ne chante ou crie :
Le temps a laissé son manteau
De vent, de froidure et de pluie.

Rivière, fontaine et ruisseau
Portent en livrée[1] jolie
Gouttes d'argent, d'orfèvrerie ;
Chacun s'habille de nouveau :
Le temps a laissé son manteau.

1. Vêtements aux couleurs des armes d'un roi, d'un seigneur, qu'ils faisaient porter aux hommes de leur suite.

CLÉMENT MAROT (1496-1544)

Considéré comme le plus gai et le plus populaire de tous les poètes français de l'Ancien Régime, il connaît rapidement le succès. Protégé par François Ier lui-même, puis par sa sœur, Marguerite de Navarre, il encourt toutefois des injustices, accusé, le plus souvent à tort, de ne pas être conforme à l'obédience catholique, la « ligne » religieuse dominante. En poésie, il est plus proche de la tradition des troubadours que du pétrarquisme à la mode.

Chant de mai et de vertu

Volontiers en ce mois ici
La terre mue et renouvelle.
Maints amoureux en font ainsi,
Sujets à faire amour nouvelle
Par légèreté de cervelle,
Ou pour être ailleurs plus contents ;
Ma façon d'aimer n'est pas telle,
Mes amours durent en tout temps.

N'y a si belle dame aussi
De qui la beauté ne chancelle ;
Par temps, maladie ou souci,
Laideur les tire en sa nacelle[1] ;

1. Petit bateau à rames, sans voile.

Mais rien ne peut enlaidir celle
Que servir sans fin je prétends ;
Et pour ce qu'elle est toujours belle
Mes amours durent en tout temps.

Celle dont je dis tout ceci,
C'est Vertu, la nymphe[1] éternelle,
Qui au mont d'honneur éclairci
Tous les vrais amoureux appelle :
« Venez, amants, venez (dit-elle),
Venez à moi, je vous attends ;
Venez (ce dit la jouvencelle[2]).
Mes amours durent en tout temps. »

1. Déesse d'un rang inférieur, habitant les bois, ou les fleuves.
2. Jeune fille.

| JOACHIM DU BELLAY (1522?-1560)

Né en Touraine, orphelin à dix ans, il fait des études de droit à Poitiers, avant de gagner Paris où il suit les cours de l'humaniste Dorat en 1547, date de sa première pièce poétique publiée. Il participe à l'aventure littéraire de la Pléiade, dont il est le théoricien polémique : il publie en 1549 une Défense et illustration de la langue française *et, la même année, un recueil de sonnets pétrarquistes. Mais il est déjà atteint de surdité et malade quand il sollicite de son oncle le cardinal, ambassadeur à Rome, de le prendre dans sa suite, vraisemblablement parce qu'il rêve de faire une carrière diplomatique. Très vite, alors que Rome est la ville dont tous les artistes de son temps rêvent, il témoigne d'un dégoût pour les charges qui lui incombent et pour l'atmosphère pleine d'intrigues de la cour du pape. On ne sait s'il fut réellement malheureux, mais sa poésie est faite de cette souffrance, de la nostalgie de sa terre natale, d'un malheur qui est plus structurel que conjoncturel, puisque le retour en France ne semble lui avoir apporté aucune consolation.*

« France, mère des arts... »

France, mère des arts, des armes et des lois,
Tu m'as nourri longtemps du lait de ta mamelle :
Ores, comme un agneau qui sa nourrice appelle,
Je remplis de ton nom les antres et les bois.

Si tu m'as pour enfant avoué[1] quelquefois,
Que ne me réponds-tu maintenant, ô cruelle ?
France, France, réponds à ma triste querelle.
Mais nul, sinon Écho[2], ne répond à ma voix.

Entre les loups cruels j'erre parmi la plaine,
Je sens venir l'hiver, de quoi la froide haleine
D'une tremblante horreur fait hérisser ma peau.

Las, tes autres agneaux n'ont faute de pâture,
Ils ne craignent le loup, le vent ni la froidure :
Si ne suis-je pourtant le pire du troupeau[3].

---

1. Reconnu pour sien.
2. Nymphe personnifiant l'écho, elle fut condamnée par Héra à ne jamais parler la première.
3. « Et pourtant je ne suis pas le pire du troupeau. »

« Heureux qui, comme Ulysse... »

Heureux qui, comme Ulysse, a fait un beau voyage,
Ou comme celui-là qui conquit la toison[1],
Et puis est retourné, plein d'usage[2] et raison,
Vivre entre ses parents le reste de son âge !

Quand reverrai-je, hélas, de mon petit village
Fumer la cheminée, et en quelle saison
Reverrai-je le clos[3] de ma pauvre maison,
Qui m'est une province, et beaucoup davantage ?

Plus me plaît le séjour qu'ont bâti mes aïeux
Que des palais romains le front audacieux,
Plus que le marbre dur me plaît l'ardoise fine,

Plus mon Loire gaulois que le Tibre latin,
Plus mon petit Liré[4] que le mont Palatin[5],
Et plus que l'air marin la douceur angevine.

1. Il s'agit de Jason qui partit avec les Argonautes conquérir la Toison d'or, gardée par un dragon.
2. Ici : habitude, coutume, expérience.
3. Terrain cultivé et fermé par des haies, des murs ou des fossés.
4. Commune du Maine-et-Loire, bâtie sur une colline dominant la vallée de la Loire.
5. Colline de Rome, située entre le Tibre et le Forum. C'est la colline impériale par excellence, entièrement recouverte de palais.

LOUISE LABÉ (avant 1524-1566)

Née près de Lyon, elle est la fille d'un riche marchand cordier qui lui fait donner une bonne éducation : elle brode, chante, joue du luth, compose en français et en italien et connaît aussi l'espagnol. Elle n'est pas pour autant une femme savante, dans la mesure où elle semble ignorer le latin. Sa beauté est célèbre et célébrée par un cercle d'amis brillants. On lui prête de nombreux amants et son œuvre reflète la passion qui l'unit à Olivier de Magny, un poète parisien. Elle laisse une œuvre très mince (seulement vingt-quatre sonnets et trois élégies) mais très appréciée.

« Je vis, je meurs... »

Je vis, je meurs ; je me brûle et me noie ;
J'ai chaud extrême en endurant froidure ;
La vie m'est et trop molle et trop dure ;
J'ai grands ennuis entremêlés de joie.

Tout à un coup je ris et je larmoie,
Et en plaisir maint grief[1] tourment j'endure ;
Mon bien s'en va, et à jamais il dure ;
Tout en un coup je sèche et je verdoie.

1. Ici, adjectif : grave, sérieux.

Ainsi Amour inconstamment me mène ;
Et quand je pense avoir plus de douleur,
Sans y penser je me trouve hors de peine.

Puis quand je crois ma joie être certaine
Et être au haut de mon désiré heur[1],
Il me remet en mon premier malheur.

1. Bonheur.

PIERRE DE RONSARD (1524-1585)

Ce gentilhomme devient prématurément sourd, ce qui l'empêche d'embrasser la carrière des armes et de la Cour, comme il y était destiné, ce qu'il regretta toujours. Dès 1550, il est le chef incontesté de la Pléiade et produit une œuvre poétique dont la diversité est un peu occultée par le succès des recueils amoureux. Il aborde aussi la politique et la philosophie, parfois gravement, parfois plus légèrement, et exerce un énorme ascendant sur son époque.

« Mignonne, allons voir si la rose... »

Mignonne, allons voir si la rose
Qui ce matin avait déclose
Sa robe de pourpre au soleil,
A point perdu cette vesprée[1]
Les plis de sa robe pourprée,
Et son teint au vôtre pareil.
Las ! voyez comme en peu d'espace,
Mignonne, elle a dessus la place,
Las ! las ! ses beautés laissé choir !
Ô vraiment marâtre Nature,
Puisqu'une telle fleur ne dure
Que du matin jusques au soir !

1. Ce soir.

Donc, si vous me croyez, mignonne,
Tandis que votre âge fleuronne
En sa plus verte nouveauté,
Cueillez, cueillez votre jeunesse :
Comme à cette fleur la vieillesse
Fera ternir votre beauté.

« Comme on voit sur la branche... »

Comme on voit sur la branche au mois de mai la rose,
En sa belle jeunesse, en sa première fleur,
Rendre le ciel jaloux de sa vive couleur,
Quand l'Aube de ses pleurs au point du jour l'arrose ;

La grâce dans sa feuille, et l'amour se repose,
Embâmant[1] les jardins et les arbres d'odeur ;
Mais battue ou de pluie, ou d'excessive ardeur,
Languissante elle meurt, feuille à feuille déclose.

Ainsi en ta première et jeune nouveauté,
Quand la Terre et le Ciel honoraient ta beauté,
La Parque[2] t'a tuée, et cendre tu reposes.

Pour obsèques reçois mes larmes et mes pleurs,
Ce vase plein de lait, ce panier plein de fleurs,
Afin que vif et mort ton corps ne soit que roses.

---

1. Embaumant.
2. Divinité du Destin, dans la mythologie romaine (elles sont trois sœurs).

PIERRE DE MARBEUF (1596-1645)

Poète baroque, condisciple du philosophe René Descartes au collège de La Flèche et juriste de formation, il est maître des Eaux et Forêts, comme Jean de La Fontaine.

« Et la mer et l'amour… »

Et la mer et l'amour ont l'amer pour partage,
Et la mer est amère, et l'amour est amer,
L'on s'abîme en l'amour aussi bien qu'en la mer,
Car la mer et l'amour ne sont point sans orage.

Celui qui craint les eaux qu'il demeure au rivage,
Celui qui craint les maux qu'on souffre pour aimer,
Qu'il ne se laisse pas à l'amour enflammer,
Et tous deux ils seront sans hasard de naufrage.

La mère de l'amour [1] eut la mer pour berceau,
Le feu sort de l'amour, sa mère sort de l'eau,
Mais l'eau contre ce feu ne peut fournir des armes.

Si l'eau pouvait éteindre un brasier amoureux,
Ton amour qui me brûle est si fort douloureux,
Que j'eusse éteint son feu de la mer de mes larmes.

---

1. Vénus, dont on dit qu'elle est née de l'écume des flots.

| JEAN DE LA FONTAINE (1621-1695)

Son existence est marquée par sa fidélité à son premier protecteur, Nicolas Fouquet, surintendant des Finances de Louis XIV qui fut disgracié par le roi. Cette disgrâce éloigna La Fontaine de la protection royale. Dès lors, les difficultés financières obligent notre maître des Eaux et Forêts de Château-Thierry à se chercher d'autres mécènes, d'abord la duchesse d'Orléans, puis Mme de La Sablière, et enfin la maîtresse du roi, Mme de Montespan. Outre ses fables, il est très connu, en son temps, pour avoir écrit de petits contes licencieux qu'on ne lit plus guère, mais qui ont un air de famille indiscutable avec ce qui fait, encore aujourd'hui, sa célébrité.

Le Loup et l'Agneau

La raison du plus fort est toujours la meilleure :
Nous l'allons montrer tout à l'heure.
Un Agneau se désaltérait
Dans le courant d'une onde pure.
Un Loup survient à jeun qui cherchait aventure,
Et que la faim en ces lieux attirait.
Qui te rend si hardi de troubler mon breuvage ?
Dit cet animal plein de rage :
Tu seras châtié de ta témérité.
— Sire, répond l'Agneau, que votre Majesté
Ne se mette pas en colère ;

Mais plutôt qu'elle considère
Que je me vas désaltérant
Dans le courant,
Plus de vingt pas au-dessous d'Elle,
Et que par conséquent, en aucune façon,
Je ne puis troubler sa boisson.
— Tu la troubles, reprit cette bête cruelle,
Et je sais que de moi tu médis l'an passé.
— Comment l'aurais-je fait si je n'étais pas né ?
Reprit l'Agneau, je tette encor ma mère.
— Si ce n'est toi, c'est donc ton frère.
— Je n'en ai point. — C'est donc quelqu'un des tiens :
Car vous ne m'épargnez guère,
Vous, vos bergers, et vos chiens.
On me l'a dit : il faut que je me venge.
Là-dessus, au fond des forêts
Le Loup l'emporte, et puis le mange,
Sans autre forme de procès.

La Mort et le Bûcheron

Un pauvre Bûcheron tout couvert de ramée[1],
Sous le faix[2] du fagot aussi bien que des ans
Gémissant et courbé marchait à pas pesants,
Et tâchait de gagner sa chaumine[3] enfumée.
Enfin, n'en pouvant plus d'effort et de douleur,
Il met bas son fagot, il songe à son malheur.
Quel plaisir a-t-il eu depuis qu'il est au monde ?

1. Branches.
2. Poids.
3. Vieux mot qui désigne une maison pauvre, au toit de chaume.

En est-il un plus pauvre en la machine ronde[1] ?
Point de pain quelquefois, et jamais de repos.
Sa femme, ses enfants, les soldats[2], les impôts,
Le créancier, et la corvée[3]
Lui font d'un malheureux la peinture achevée.
Il appelle la mort, elle vient sans tarder,
Lui demande ce qu'il faut faire.
« C'est, dit-il, afin de m'aider
À recharger ce bois ; tu ne tarderas guère. »
Le trépas vient tout guérir ;
Mais ne bougeons d'où nous sommes.
Plutôt souffrir que mourir,
C'est la devise des hommes.

Le Coche[4] et la Mouche

Dans un chemin montant, sablonneux, malaisé,
Et de tous les côtés au Soleil exposé,
Six forts chevaux tiraient un Coche.
Femmes, Moine, vieillards, tout était descendu.
L'attelage suait, soufflait, était rendu[5].
Une Mouche survient, et des chevaux s'approche ;
Prétend les animer par son bourdonnement ;
Pique l'un, pique l'autre, et pense à tout moment
Qu'elle fait aller la machine,

1. La Terre.
2. Lorsqu'ils étaient en campagne, les soldats étaient entretenus (le gîte et le couvert) par les paysans.
3. Travail obligatoire que le sujet doit à son seigneur.
4. Voiture à quatre roues tirée par des chevaux qui faisait la liaison entre deux villes.
5. Était épuisé.

S'assied sur le timon[1], sur le nez du Cocher;
Aussitôt que le char chemine,
Et qu'elle voit les gens marcher,
Elle s'en attribue uniquement la gloire;
Va, vient, fait l'empressée; il semble que ce soit
Un Sergent de bataille allant en chaque endroit
Faire avancer ses gens, et hâter la victoire.
La Mouche en ce commun besoin
Se plaint qu'elle agit seule, et qu'elle a tout le soin[2];
Qu'aucun n'aide aux chevaux à se tirer d'affaire.
Le Moine disait son Bréviaire[3];
Il prenait bien son temps! une femme chantait;
C'était bien de chansons qu'alors il s'agissait!
Dame Mouche s'en va chanter à leurs oreilles,
Et fait cent sottises pareilles.
Après bien du travail le Coche arrive au haut.
Respirons maintenant, dit la Mouche aussitôt :
J'ai tant fait que nos gens sont enfin dans la plaine.
Ça, Messieurs les Chevaux, payez-moi de ma peine.

Ainsi certaines gens, faisant les empressés,
S'introduisent dans les affaires :
Ils font partout les nécessaires,
Et, partout importuns, devraient être chassés.

---

1. Partie du coche où l'on attache les chevaux.
2. Souci, peine.
3. Livre de messe.

ANDRÉ CHÉNIER (1762-1794)

Né à Constantinople, Chénier est le fils d'un commerçant en drap et d'une mère d'origine grecque, qui de retour à Paris tient un salon à la mode où le jeune homme fait ses débuts. Il fait partie d'une jeunesse dorée, cultivée et progressiste, mais travaille aussi et prend conscience, en 1787, du nécessaire engagement du poète. Pour subvenir à ses besoins, il passe trois ans en Angleterre et, quand il en revient, en 1790, il croit trouver en France son idéal d'une monarchie constitutionnelle et méritocratique. Il se lance ensuite dans le journalisme politique et attaque violemment les Jacobins. En 1794, il est arrêté à Paris, mis en prison et guillotiné le 7 thermidor 1794. Sa poésie se caractérise avant tout par une admiration sans cesse répétée pour les modèles gréco-latins.

Fanny

Fanny, l'heureux mortel qui près de toi respire
Sait, à te voir parler et rougir et sourire,
De quels hôtes divins le ciel est habité.
La grâce, la candeur, la naïve innocence
Ont, depuis ton enfance,
De tout ce qui peut plaire enrichi ta beauté.

Sur tes traits, où ton âme imprime sa noblesse,
Elles ont su mêler aux roses de jeunesse

Ces roses de pudeur, charmes plus séduisants,
Et remplir tes regards, tes lèvres, ton langage,
De ce miel dont le sage
Cherche lui-même en vain à défendre ses sens.

Oh ! que n'ai-je moi seul tout l'éclat et la gloire
Que donnent les talents, la beauté, la victoire,
Pour fixer sur moi seul ta pensée et tes yeux ;
Que, loin de moi, ton cœur fût plein de ma présence,
Comme, dans ton absence,
Ton aspect bien-aimé m'est présent en tous lieux !

Je pense : Elle était là. Tous disaient : « Qu'elle est belle ! »
Tels furent ses regards, sa démarche fut telle,
Et tels ses vêtements, sa voix et ses discours.
Sur ce gazon assise, et dominant la plaine,
Des méandres de Seine,
Rêveuse, elle suivait les obliques détours.

Ainsi dans les forêts j'erre avec ton image ;
Ainsi le jeune faon, dans son désert sauvage,
D'un plomb volant percé, précipite ses pas.
Il emporte en fuyant sa mortelle blessure ;
Couché près d'une eau pure,
Palpitant, hors d'haleine, il attend le trépas.

MARCELINE DESBORDES-VALMORE (1786-1859)

Née à Douai dans une famille de la petite bourgeoisie, elle passe son enfance dans la gêne, son père ayant été ruiné par la Révolution. Elle est cantatrice puis comédienne jusqu'à la fin des années 1820. Elle commence à publier des poèmes dès 1819 et est saluée par tous les grands poètes romantiques et symbolistes.

Les roses de Saadi

J'ai voulu ce matin te rapporter des roses;
Mais j'en avais tant pris dans mes ceintures closes
Que les nœuds trop serrés n'ont pu les contenir.

Les nœuds ont éclaté. Les roses envolées
Dans le vent, à la mer s'en sont toutes allées.
Elles ont suivi l'eau pour ne plus revenir.

La vague en a paru rouge et comme enflammée.
Ce soir, ma robe encore en est toute embaumée...
Respires-en sur moi l'odorant souvenir.

Les séparés

N'écris pas. Je suis triste, et je voudrais m'éteindre
Les beaux étés sans toi, c'est la nuit sans flambeau.
J'ai refermé mes bras qui ne peuvent t'atteindre,
Et frapper à mon cœur, c'est frapper au tombeau.
N'écris pas !

N'écris pas. N'apprenons qu'à mourir à nous-mêmes
Ne demande qu'à Dieu... qu'à toi, si je t'aimais !
Au fond de ton absence écouter que tu m'aimes,
C'est entendre le ciel sans y monter jamais.
N'écris pas !

N'écris pas. Je te crains ; j'ai peur de ma mémoire ;
Elle a gardé ta voix qui m'appelle souvent.
Ne montre pas l'eau vive à qui ne peut la boire.
Une chère écriture est un portrait vivant.
N'écris pas !

N'écris pas ces doux mots que je n'ose plus lire :
Il semble que ta voix les répand sur mon cœur ;
Que je les vois brûler à travers ton sourire ;
Il semble qu'un baiser les empreint sur mon cœur.
N'écris pas !

ALPHONSE DE LAMARTINE (1790-1869)

Ce jeune aristocrate connaît une enfance heureuse et commence une carrière diplomatique qu'il interrompt en 1830 pour s'engager en politique. Légitimiste en 1820, il devient chef du gouvernement provisoire de la République de 1848. Il passe aussi d'une poésie de l'émotion et du lyrisme personnel aux odes politiques des années 1830. Il n'abandonne jamais son œuvre littéraire, considérant que l'écrivain a une mission sociale. Mais, après son échec aux présidentielles de 1848, il quitte définitivement la scène politique et est confronté à des problèmes financiers qui le contraignent à écrire pour vivre.

À une fleur séchée dans un album

Il m'en souvient, c'était aux plages
Où m'attire un ciel du Midi,
Ciel sans souillure et sans orages,
Où j'aspirais sous les feuillages
Les parfums d'un air attiédi.

Une mer qu'aucun bord n'arrête
S'étendait bleue à l'horizon;
L'oranger, cet arbre de fête,
Neigeait par moments sur ma tête;
Des odeurs montaient du gazon.

Tu croissais près d'une colonne
D'un temple écrasé par le temps ;
Tu lui faisais une couronne,
Tu parais son tronc monotone
Avec tes chapiteaux flottants ;

Fleur qui décores la ruine
Sans un regard pour t'admirer !
Je cueillis ta blanche étamine[1],
Et j'emportai sur ma poitrine
Tes parfums pour les respirer.

Aujourd'hui, ciel, temple, rivage,
Tout a disparu sans retour :
Ton parfum est dans le nuage,
Et je trouve, en tournant la page,
La trace morte d'un beau jour !

1827

1. Partie de certaines fleurs située à l'intérieur des pétales et renfermant le pollen.

VICTOR HUGO (1802-1885)

C'est le plus grand poète romantique et peut-être le plus grand poète tout court, car même s'il s'est illustré dans les autres genres (notamment le roman), c'est sa poésie, qui couvre pratiquement le siècle, qui est l'expression la plus monumentale de son génie. Il se donne pour projet le Tout et pour destinataire la totalité : tout dire pour tous, c'est là son but avoué.

« Demain, dès l'aube... »

Demain, dès l'aube, à l'heure où blanchit la campagne,
Je partirai. Vois-tu, je sais que tu m'attends.
J'irai par la forêt, j'irai par la montagne.
Je ne puis demeurer loin de toi plus longtemps.

Je marcherai les yeux fixés sur mes pensées,
Sans rien voir au-dehors, sans entendre aucun bruit,
Seul, inconnu, le dos courbé, les mains croisées,
Triste, et le jour pour moi sera comme la nuit.

Je ne regarderai ni l'or du soir qui tombe,
Ni les voiles au loin descendant vers Harfleur,
Et quand j'arriverai, je mettrai sur ta tombe
Un bouquet de houx vert et de bruyère en fleur.

3 septembre 1847.

« Elle était déchaussée... »

Elle était déchaussée, elle était décoiffée,
Assise, les pieds nus, parmi les joncs penchants ;
Moi qui passais par là, je crus voir une fée,
Et je lui dis : Veux-tu t'en venir dans les champs ?

Elle me regarda de ce regard suprême
Qui reste à la beauté quand nous en triomphons,
Et je lui dis : Veux-tu, c'est le mois où l'on aime,
Veux-tu nous en aller sous les arbres profonds ?

Elle essuya ses pieds à l'herbe de la rive ;
Elle me regarda pour la seconde fois,
Et la belle folâtre alors devint pensive.
Oh ! comme les oiseaux chantaient au fond des bois !

Comme l'eau caressait doucement le rivage !
Je vis venir à moi, dans les grands roseaux verts,
La belle fille heureuse, effarée[1] et sauvage,
Ses cheveux dans ses yeux, et riant au travers.

Mont-l'Am., juin 183.

1. Qui ressent un effroi, mêlé de stupeur.

« Le soleil s'est couché ce soir... »

Le soleil s'est couché ce soir dans les nuées.
Demain viendra l'orage, et le soir, et la nuit ;
Puis l'aube, et ses clartés de vapeurs obstruées ;
Puis les nuits, puis les jours, pas du temps qui s'enfuit !

Tous ces jours passeront ; ils passeront en foule
Sur la face des mers, sur la face des monts,
Sur les fleuves d'argent, sur les forêts où roule
Comme un hymne confus des morts que nous aimons.

Et la face des eaux, et le front des montagnes,
Ridés et non vieillis, et les bois toujours verts
S'iront rajeunissant ; le fleuve des campagnes
Prendra sans cesse aux monts le flot qu'il donne aux mers.

Mais moi, sous chaque jour courbant plus bas ma tête,
Je passe, et, refroidi sous ce soleil joyeux,
Je m'en irai bientôt, au milieu de la fête,
Sans que rien manque au monde, immense et radieux !

Saison des semailles. Le soir

C'est le moment crépusculaire.
J'admire, assis sous un portail,
Ce reste de jour dont s'éclaire
La dernière heure du travail.

Dans les terres, de nuit baignées.
Je contemple, ému, les haillons[1]
D'un vieillard qui jette à poignées
La moisson future aux sillons.

Sa haute silhouette noire
Domine les profonds labours.
On sent à quel point il doit croire
À la fuite utile des jours.

Il marche dans la plaine immense,
Va, vient, lance la graine au loin,
Rouvre sa main, et recommence,
Et je médite, obscur témoin,

Pendant que, déployant ses voiles,
L'ombre, où se mêle une rumeur,
Semble élargir jusqu'aux étoiles
Le geste auguste[2] du semeur.

1. Vieux lambeaux d'étoffe servant de vêtement (guenilles)
2. Qui inspire un grand respect, de la vénération.

Clair de lune

La lune était sereine et jouait sur les flots.
La fenêtre enfin libre est ouverte à la brise,
La sultane regarde, et la mer qui se brise,
Là-bas, d'un flot d'argent brode les noirs îlots.

De ses doigts en vibrant s'échappe la guitare.
Elle écoute... Un bruit sourd frappe les sourds échos.
Est-ce un lourd vaisseau turc qui vient des eaux de Cos[1],
Battant l'archipel grec de sa rame tartare[2] ?

Sont-ce des cormorans qui plongent tour à tour,
Et coupent l'eau, qui roule en perles sur leur aile ?
Est-ce un djinn[3] qui là-haut siffle d'une voix grêle,
Et jette dans la mer les créneaux de la tour ?

Qui trouble ainsi les flots près du sérail[4] des femmes ?
Ni le noir cormoran, sur la vague bercé,
Ni les pierres du mur, ni le bruit cadencé
Du lourd vaisseau, rampant sur l'onde avec des rames.

Ce sont des sacs pesants, d'où partent des sanglots.
On verrait, en sondant la mer qui les promène,
Se mouvoir dans leurs flancs comme une forme humaine...
La lune était sereine et jouait sur les flots.

---

1. Île grecque.
2. Se disait des populations d'Asie centrale (turques et mongoles).
3. Esprit de l'air, bon génie, ou démon, dans les croyances arabes.
4. Harem.

« Elle avait pris ce pli dans son âge enfantin... »

Elle avait pris ce pli dans son âge enfantin
De venir dans ma chambre un peu chaque matin ;
Je l'attendais ainsi qu'un rayon qu'on espère ;
Elle entrait, et disait : Bonjour, mon petit père ;
Prenait ma plume, ouvrait mes livres, s'asseyait
Sur mon lit, dérangeait mes papiers, et riait,
Puis soudain s'en allait comme un oiseau qui passe.
Alors, je reprenais, la tête un peu moins lasse,
Mon œuvre interrompue, et, tout en écrivant,
Parmi mes manuscrits je rencontrais souvent
Quelque arabesque folle et qu'elle avait tracée,
Et mainte page blanche entre ses mains froissée
Où, je ne sais comment, venaient mes plus doux vers.
Elle aimait Dieu, les fleurs, les astres, les prés verts,
Et c'était un esprit avant d'être une femme.
Son regard reflétait la clarté de son âme.
Elle me consultait sur tout à tous moments.
Oh ! que de soirs d'hiver radieux et charmants
Passés à raisonner langue, histoire et grammaire,
Mes quatre enfants groupés sur mes genoux, leur mère
Tout près, quelques amis causant au coin du feu !
J'appelais cette vie être content de peu !
Et dire qu'elle est morte ! Hélas ! que Dieu m'assiste !
Je n'étais jamais gai quand je la sentais triste ;
J'étais morne au milieu du bal le plus joyeux
Si j'avais, en partant, vu quelque ombre en ses yeux.

GÉRARD DE NERVAL (1808-1855)

Après une enfance difficile, loin de ses parents, Nerval fait des études à Paris et devient rapidement connu pour sa traduction du Faust *de Goethe. Il hérite en 1832 mais est rapidement ruiné par une actrice, Jenny Colon, en qui il voit son idéal féminin. Il erre alors à travers l'Europe et subit, en 1841, une première crise de folie qui le conduit en maison de repos. Il en refera à intervalles réguliers, en 1849, 1851-1852 et 1853-54. Entre-temps, il parvient à voyager un peu, et se concentre sur sa production littéraire, essentiellement poétique. On le retrouve pendu dans la rue.*

El Desdichado

Je suis le ténébreux, — le veuf, — l'inconsolé,
Le prince d'Aquitaine à la tour abolie :
Ma seule *étoile* est morte, — et mon luth constellé
Porte le *Soleil noir* de la *Mélancolie*.

Dans la nuit du tombeau, toi qui m'as consolé,
Rends-moi le Pausilippe[1] et la mer d'Italie,
La *fleur* qui plaisait tant à mon cœur désolé,
Et la treille où le pampre[2] à la rose s'allie.

---

1. Colline à l'ouest de Naples qui donne une vue privilégiée sur le Vésuve.
2. Le raisin, la vigne.

Suis-je Amour ou Phébus[1] ?... Lusignan[2] ou Biron[3] ?
Mon front est rouge encor du baiser de la reine ;
J'ai rêvé dans la grotte où nage la syrène...

Et j'ai deux fois vainqueur traversé l'Achéron[4] :
Modulant tour à tour sur la lyre d'Orphée
Les soupirs de la sainte et les cris de la fée.

Une allée du Luxembourg

Elle a passé, la jeune fille
Vive et preste comme un oiseau :
À la main une fleur qui brille,
À la bouche un refrain nouveau.

C'est peut-être la seule au monde
Dont le cœur au mien répondrait,
Qui venant dans ma nuit profonde
D'un seul regard l'éclaircirait !...

Mais, non, — ma jeunesse est finie...
Adieu, doux rayon qui m'as lui, —
Parfum, jeune fille, harmonie...
Le bonheur passait, — il a fui !

1. Surnom d'Apollon, dieu de la lumière.
2. Famille française originaire du Poitou, qui régna sur Chypre du XIIe au XVe siècle.
3. Grande famille française.
4. Fleuve des Enfers.

Fantaisie

Il est un air, pour qui je donnerais
Tout Rossini, tout Mozart et tout Webre[1],
Un air très vieux, languissant et funèbre,
Qui pour moi seul a des charmes secrets.

Or, chaque fois que je viens à l'entendre,
De deux cents ans mon âme rajeunit...
C'est sous Louis XIII — et je crois voir s'étendre
Un coteau vert, que le couchant jaunit;

Puis un château de brique à coins de pierre,
Aux vitraux peints de rougeâtres couleurs,
Ceint de grands parcs, avec une rivière
Baignant ses pieds, qui coule entre des fleurs.

Puis une dame, à sa haute fenêtre,
Blonde aux yeux noirs, en son costume ancien
Que dans une autre existence peut-être
J'ai déjà vue et dont je me souviens !

1. En fait Weber (Carl Maria von), compositeur allemand (1786-1826).

Avril

Déjà les beaux jours, la poussière,
Un ciel d'azur et de lumière,
Les murs enflammés, les longs soirs ;
Et rien de vert : à peine encore
Un reflet rougeâtre décore
Les grands arbres aux rameaux noirs !
Ce beau temps me pèse et m'ennuie.
Ce n'est qu'après des jours de pluie
Que doit surgir, en un tableau,
Le printemps verdissant et rose,
Comme une nymphe fraîche éclose
Qui, souriante, sort de l'eau.

| ALFRED DE MUSSET (1810-1857)

Dernier représentant du romantisme français, Alfred de Musset en marque l'apogée et la fin, à travers notamment sa Confession d'un enfant du siècle *(1836) qui relate de manière à peine voilée sa liaison tumultueuse avec George Sand.*

Ballade à la lune

C'était, dans la nuit brune,
Sur le clocher jauni,
La lune
Comme un point sur un i.

Lune, quel esprit sombre
Promène au bout d'un fil,
Dans l'ombre,
Ta face et ton profil ?

Es-tu l'œil du ciel borgne ?
Quel chérubin cafard
Nous lorgne
Sous ton masque blafard ?

N'es-tu rien qu'une boule,
Qu'un grand faucheux bien gras
Qui roule
Sans pattes et sans bras ?

Es-tu, je t'en soupçonne,
Le vieux cadran de fer
Qui sonne
L'heure aux damnés d'enfer ?

Sur ton front qui voyage —
Ce soir ont-ils compté
Quel âge
A leur éternité ?

Est-ce un ver qui te ronge
Quand ton disque noirci
S'allonge
En croissant rétréci ?

Qui t'avait éborgnée,
L'autre nuit ? T'étais-tu
Cognée
À quelque arbre pointu ?

Car tu vins, pâle et morne
Coller sur mes carreaux
Ta corne
À travers les barreaux.

Va, lune moribonde,
Le beau corps de Phébé
La blonde
Dans la mer est tombé.

Tu n'en es que la face
Et déjà, tout ridé,
S'efface
Ton front dépossédé.

Rends-nous la chasseresse,
Blanche, au sein virginal,
Qui presse
Quelque cerf matinal !

Oh ! sous le vert platane
Sous les frais coudriers,
Diane,
Et ses grands lévriers !

Le chevreau noir qui doute,
Pendu sur un rocher,
L'écoute,
L'écoute s'approcher.

Et, suivant leurs curées,
Par les vaux, par les blés,
Les prées,
Ses chiens s'en sont allés.

Oh ! le soir, dans la brise,
Phoebé, sœur d'Apollo,
Surprise
À l'ombre, un pied dans l'eau !

Phoebé qui, la nuit close,
Aux lèvres d'un berger
Se pose,
Comme un oiseau léger.

Lune, en notre mémoire,
De tes belles amours
L'histoire
T'embellira toujours.

Et toujours rajeunie,
Tu seras du passant
Bénie,
Pleine lune ou croissant.

T'aimera le vieux pâtre,
Seul, tandis qu'à ton front
D'albâtre
Ses dogues aboieront.

T'aimera le pilote
Dans son grand bâtiment,
Qui flotte,
Sous le clair firmament!

Et la fillette preste
Qui passe le buisson,
Pied leste,
En chantant sa chanson.

Comme un ours à la chaîne,
Toujours sous tes yeux bleus
Se traîne
L'océan montueux.

Et qu'il vente ou qu'il neige
Moi-même, chaque soir,
Que fais-je,
Venant ici m'asseoir?

Je viens voir à la brune,
Sur le clocher jauni,
La lune
Comme un point sur un i.

Peut-être quand déchante
Quelque pauvre mari,
Méchante,
De loin tu lui souris.

Dans sa douleur amère,
Quand au gendre béni
La mère
Livre la clef du nid,

Le pied dans sa pantoufle,
Voilà l'époux tout prêt
Qui souffle
Le bougeoir indiscret.

Au pudique hyménée
La vierge qui se croit
Menée,
Grelotte en son lit froid,

Mais monsieur tout en flamme
Commence à rudoyer
Madame,
Qui commence à crier.

« Ouf ! dit-il, je travaille,
Ma bonne, et ne fais rien
Qui vaille ;
Tu ne te tiens pas bien. »

Et vite il se dépêche.
Mais quel démon caché
L'empêche
De commettre un péché ?

« Ah ! dit-il, prenons garde.
Quel témoin curieux
Regarde
Avec ces deux grands yeux ? »

Et c'est, dans la nuit brune,
Sur son clocher jauni,
La lune
Comme un point sur un i.

THÉOPHILE GAUTIER (1811-1872)

Après une enfance choyée, il se lie d'amitié avec Gérard de Nerval au collège Charlemagne. Il hésite entre la peinture et la poésie, avant de se décider pour cette dernière. Son premier recueil poétique paraît en 1830. Il mène une vie de bohême, passionnante, insouciante et libre. Sa production littéraire est variée (poésie, théâtre, nouvelles et romans) et elle s'enrichit d'une intense activité journalistique à partir de 1841, où il publie au moins un feuilleton par semaine. Il devient une sorte d'arbitre littéraire et artistique de son temps, et est aussi le chef de file de « l'art pour l'art ».

Premier sourire du printemps

Tandis qu'à leurs œuvres perverses
Les hommes courent haletants,
Mars qui rit, malgré les averses,
Prépare en secret le printemps.

Pour les petites pâquerettes,
Sournoisement lorsque tout dort,
Il repasse des collerettes
Et cisèle des boutons d'or.

Dans le verger et dans la vigne,
Il s'en va, furtif perruquier,

Avec une houppe de cygne,
Poudrer à frimas[1] l'amandier.

La nature au lit se repose ;
Lui descend au jardin désert,
Et lace les boutons de rose
Dans leur corset de velours vert.

Tout en composant des solfèges,
Qu'aux merles il siffle à mi-voix,
Il sème aux prés les perce-neiges
Et les violettes aux bois.

Sur le cresson de la fontaine
Où le cerf boit, l'oreille au guet,
De sa main cachée il égrène
Les grelots d'argent du muguet.

Sous l'herbe, pour que tu la cueilles,
Il met la fraise au teint vermeil,
Et te tresse un chapeau de feuilles
Pour te garantir du soleil.

Puis, lorsque sa besogne est faite,
Et que son règne va finir,
Au seuil d'avril tournant la tête,
Il dit : « Printemps, tu peux venir ! »

---

1. Vieille expression qui fait référence à la poudre blanche dont on couvrait les cheveux ou les perruques.

LECONTE DE LISLE (1818-1894)

Originaire de l'île de la Réunion où il fait deux séjours importants à l'adolescence et au milieu de sa vie, il n'oublie jamais sa province natale qui se profile parfois dans son œuvre, aujourd'hui plutôt oubliée. Il connaît la misère et vit ensuite dans les milieux militants proches du socialisme mais il se détourne de l'action politique après l'échec de la Révolution de 1848. Il se consacre alors à la poésie et est reconnu comme le chef de file d'une nouvelle école, le Parnasse.

Le rêve du jaguar

Sous les noirs acajous, les lianes en fleur,
Dans l'air lourd, immobile et saturé de mouches,
Pendent, et, s'enroulant en bas parmi les souches,
Bercent le perroquet splendide et querelleur,
L'araignée au dos jaune et les singes farouches.
C'est là que le tueur de bœufs et de chevaux,
Le long des vieux troncs morts à l'écorce moussue,
Sinistre et fatigué, revient à pas égaux.
Il va, frottant ses reins musculeux qu'il bossue ;
Et, du mufle béant par la soif alourdi,
Un souffle rauque et bref, d'une brusque secousse,
Trouble les grands lézards, chauds des feux de midi,
Dont la fuite étincelle à travers l'herbe rousse.
En un creux du bois sombre interdit au soleil

Il s'affaisse, allongé sur quelque roche plate ;
D'un large coup de langue il se lustre la patte ;
Il cligne ses yeux d'or hébétés de sommeil ;
Et, dans l'illusion de ses forces inertes,
Faisant mouvoir sa queue et frissonner ses flancs,
Il rêve qu'au milieu des plantations vertes,
Il enfonce d'un bond ses ongles ruisselants
Dans la chair des taureaux effarés et beuglants.

CHARLES BAUDELAIRE (1821-1867)

Orphelin de père à six ans, il conçoit de la haine pour sa mère qui se remarie en 1828. Il vit des années de solitude tout en étant un collégien brillant, est mis sous tutelle par un conseil de famille qui le juge trop dépravé (il a une liaison avec une prostituée et contracte la syphilis) et l'expédie en voyage en Inde. Mais il s'arrête à l'île Maurice d'où il ramène des souvenirs enchantés. Il mène de front une carrière de critique d'art éclairé et de poète inspiré et inspirant : les poètes du XXe siècle saluent son œuvre dans une unanimité sans équivalent. Il est pourtant méconnu durant son existence et même traîné en justice pour son recueil Les Fleurs du Mal, *dont il devra retrancher quelques pièces jugées amorales. Il finit muet et paralysé, muré dans un silence que sa clairvoyance rend pathétique.*

La vie antérieure

J'ai longtemps habité sous de vastes portiques
Que les soleils marins teignaient de mille feux,
Et que leurs grands piliers, droits et majestueux,
Rendaient pareils, le soir, aux grottes basaltiques.

Les houles, en roulant les images des cieux,
Mêlaient d'une façon solennelle et mystique
Les tout-puissants accords de leur riche musique
Aux couleurs du couchant reflété par mes yeux.

C'est là que j'ai vécu dans les voluptés calmes,
Au milieu de l'azur, des vagues, des splendeurs
Et des esclaves nus, tout imprégnés d'odeurs,

Qui me rafraîchissaient le front avec des palmes,
Et dont l'unique soin était d'approfondir
Le secret douloureux qui me faisait languir.

Parfum exotique

Quand, les deux yeux fermés, en un soir chaud d'automne,
Je respire l'odeur de ton sein chaleureux,
Je vois se dérouler des rivages heureux
Qu'éblouissent les feux d'un soleil monotone ;

Une île paresseuse où la nature donne
Des arbres singuliers et des fruits savoureux ;
Des hommes dont le corps est mince et vigoureux,
Et des femmes dont l'œil par sa franchise étonne.

Guidé par ton odeur vers de charmants climats,
Je vois un port rempli de voiles et de mâts
Encor tout fatigués par la vague marine,

Pendant que le parfum des verts tamariniers,
Qui circule dans l'air et m'enfle la narine,
Se mêle dans mon âme au chant des mariniers.

Chant d'automne

Bientôt nous plongerons dans les froides ténèbres ;
Adieu, vive clarté de nos étés trop courts !
J'entends déjà tomber avec des chocs funèbres
Le bois retentissant sur le pavé des cours.

Tout l'hiver va rentrer dans mon être : colère,
Haine, frissons, horreur, labeur dur et forcé,
Et, comme le soleil dans son enfer polaire,
Mon cœur ne sera plus qu'un bloc rouge et glacé.

J'écoute en frémissant chaque bûche qui tombe ;
L'échafaud qu'on bâtit n'a pas d'écho plus sourd.
Mon esprit est pareil à la tour qui succombe
Sous les coups du bélier infatigable et lourd.

Il me semble, bercé par ce choc monotone,
Qu'on cloue en grande hâte un cercueil quelque part.
Pour qui ? — C'était hier l'été ; voici l'automne !
Ce bruit mystérieux sonne comme un départ.

À une passante

La rue assourdissante autour de moi hurlait.
Longue, mince, en grand deuil, douleur majestueuse,
Une femme passa, d'une main fastueuse
Soulevant, balançant le feston et l'ourlet ;

Agile et noble, avec sa jambe de statue.
Moi, je buvais, crispé comme un extravagant,

Dans son œil, ciel livide où germe l'ouragan,
La douceur qui fascine et le plaisir qui tue.

Un éclair... puis la nuit ! — Fugitive beauté
Dont le regard m'a fait soudainement renaître,
Ne te verrai-je plus que dans l'éternité ?

Ailleurs, bien loin d'ici ! trop tard ! *jamais* peut-être !
Car j'ignore où tu fuis, tu ne sais où je vais,
Ô toi que j'eusse aimée, ô toi qui le savais !

« La servante au grand cœur... »

La servante au grand cœur dont vous étiez jalouse,
Et qui dort son sommeil sous une humble pelouse,
Nous devrions pourtant lui porter quelques fleurs.
Les morts, les pauvres morts, ont de grandes douleurs,
Et quand Octobre souffle, émondeur des vieux arbres,
Son vent mélancolique à l'entour de leurs marbres,
Certe, ils doivent trouver les vivants bien ingrats,
À dormir, comme ils font, chaudement dans leurs draps,
Tandis que, dévorés de noires songeries,
Sans compagnon de lit, sans bonnes causeries,
Vieux squelettes gelés travaillés par le ver,
Ils sentent s'égoutter les neiges de l'hiver
Et le siècle couler, sans qu'amis ni famille
Remplacent les lambeaux qui pendent à leur grille.

Lorsque la bûche siffle et chante, si le soir,
Calme, dans le fauteuil je la voyais s'asseoir,
Si, par une nuit bleue et froide de décembre,
Je la trouvais tapie en un coin de ma chambre,

Grave, et venant du fond de son lit éternel
Couver l'enfant grandi de son œil maternel,
Que pourrais-je répondre à cette âme pieuse,
Voyant tomber des pleurs de sa paupière creuse ?

La mort des amants

Nous aurons des lits pleins d'odeurs légères,
Des divans profonds comme des tombeaux,
Et d'étranges fleurs sur des étagères,
Écloses pour nous sous des cieux plus beaux.

Usant à l'envi leurs chaleurs dernières,
Nos deux cœurs seront deux vastes flambeaux,
Qui réfléchiront leurs doubles lumières
Dans nos deux esprits, ces miroirs jumeaux.

Un soir fait de rose et de bleu mystique,
Nous échangerons un éclair unique,
Comme un long sanglot, tout chargé d'adieux ;

Et plus tard un Ange, entr'ouvrant les portes,
Viendra ranimer, fidèle et joyeux,
Les miroirs ternis et les flammes mortes.

Spleen

Quand le ciel bas et lourd pèse comme un couvercle
Sur l'esprit gémissant en proie aux longs ennuis,
Et que de l'horizon embrassant tout le cercle
Il nous verse un jour noir plus triste que les nuits ;

Quand la terre est changée en un cachot humide,
Où l'Espérance, comme une chauve-souris,
S'en va battant les murs de son aile timide
Et se cognant la tête à des plafonds pourris ;

Quand la pluie étalant ses immenses traînées
D'une vaste prison imite les barreaux,
Et qu'un peuple muet d'infâmes araignées
Vient tendre ses filets au fond de nos cerveaux,

Des cloches tout à coup sautent avec furie
Et lancent vers le ciel un affreux hurlement,
Ainsi que des esprits errants et sans patrie
Qui se mettent à geindre opiniâtrement.

— Et de longs corbillards, sans tambours ni musique,
Défilent lentement dans mon âme ; l'Espoir,
Vaincu, pleure, et l'Angoisse atroce, despotique,
Sur mon crâne incliné plante son drapeau noir.

L'invitation au voyage

Mon enfant, ma sœur,
Songe à la douceur
D'aller là-bas vivre ensemble !
Aimer à loisir
Aimer et mourir
Au pays qui te ressemble !
Les soleils mouillés
De ces ciels brouillés
Pour mon esprit ont les charmes
Si mystérieux

De tes traîtres yeux,
Brillant à travers leurs larmes.

Là, tout n'est qu'ordre et beauté,
Luxe, calme et volupté.

Des meubles luisants,
Polis par les ans,
Décoreraient notre chambre ;
Les plus rares fleurs
Mêlant leurs odeurs
Aux vagues senteurs de l'ambre,
Les riches plafonds,
Les miroirs profonds,
La splendeur orientale,
Tout y parlerait
À l'âme en secret
Sa douce langue natale.

Là, tout n'est qu'ordre et beauté,
Luxe, calme et volupté.

Vois sur ces canaux
Dormir ces vaisseaux
Dont l'humeur est vagabonde ;
C'est pour assouvir
Ton moindre désir
Qu'ils viennent du bout du monde.
— Les soleils couchants
Revêtent les champs,
Les canaux, la ville entière,
D'hyacinthe[1] et d'or ;

1. Étoffe de couleur jaune rougeâtre.

Le monde s'endort
Dans une chaude lumière.

Là, tout n'est qu'ordre et beauté,
Luxe, calme et volupté.

L'homme et la mer

Homme libre, toujours tu chériras la mer !
La mer est ton miroir ; tu contemples ton âme
Dans le déroulement infini de sa lame,
Et ton esprit n'est pas un gouffre moins amer.

Tu te plais à plonger au sein de ton image ;
Tu l'embrasses des yeux et des bras, et ton cœur
Se distrait quelquefois de sa propre rumeur
Au bruit de cette plainte indomptable et sauvage.

Vous êtes tous les deux ténébreux et discrets :
Homme, nul n'a sondé le fond de tes abîmes,
Ô mer, nul ne connaît tes richesses intimes,
Tant vous êtes jaloux de garder vos secrets !

Et cependant voilà des siècles innombrables
Que vous vous combattez sans pitié ni remord,
Tellement vous aimez le carnage et la mort,
Ô lutteurs éternels, ô frères implacables !

CHARLES CROS (1842-1888)

Poète et savant, on le définit comme un homme de fantaisie, de liberté et de surprise. Mais le bizarre et l'incongru contribuent chez lui à l'émergence d'un univers poétique : l'énigme sert à arrêter le lecteur, à le provoquer, mais aussi à créer un charme original.

Le hareng saur

À Guy.

Il était un grand mur blanc — nu, nu, nu,
Contre le mur une échelle — haute, haute, haute,
Et, par terre, un hareng saur — sec, sec, sec.

Il vient, tenant dans ses mains — sales, sales, sales,
Un marteau lourd, un grand clou — pointu, pointu, pointu,
Un peloton de ficelle — gros, gros, gros.

Alors il monte à l'échelle — haute, haute, haute,
Et plante le clou pointu — toc, toc, toc,
Tout en haut du grand mur blanc — nu, nu, nu.

Il laisse aller le marteau — qui tombe, qui tombe, qui tombe,
Attache au clou la ficelle — longue, longue, longue,
Et, au bout, le hareng saur — sec, sec, sec.

Ou, penchés à l'avant de blanches caravelles[1],
Ils regardaient monter en un ciel ignoré
Du fond de l'Océan des étoiles nouvelles.

1. Navires de trois ou quatre mâts, portant des voiles à antennes.

STÉPHANE MALLARMÉ (1842-1898)

Le poète est professeur d'anglais dans des lycées pendant trente ans pour assurer — d'ailleurs assez mal — sa subsistance matérielle. Parallèlement, il est le « maître » des symbolistes et son œuvre témoigne d'une rupture entre l'existence littéraire et le social, entre l'écriture poétique et le monde. Il verbalise si intensément une sacralisation de la littérature que cela le conduit à produire des textes hermétiques qui prennent le risque de la mort de la poésie.

Tristesse d'été

Le soleil, sur le sable, ô lutteuse endormie,
En l'or de tes cheveux chauffe un bain langoureux
Et, consumant l'encens sur ta joue ennemie,
Il mêle avec les pleurs un breuvage amoureux.

De ce blanc flamboiement l'immuable accalmie
T'a fait dire, attristée, ô mes baisers peureux,
« Nous ne serons jamais une seule momie
Sous l'antique désert et les palmiers heureux ! »

Mais ta chevelure est une rivière tiède,
Où noyer sans frissons l'âme qui nous obsède
Et trouver ce Néant que tu ne connais pas !

Je goûterai le fard pleuré par tes paupières
Pour voir s'il sait donner au cœur que tu frappas
L'insensibilité de l'azur et des pierres.

PAUL VERLAINE (1844-1896)

Ses premiers poèmes témoignent de l'influence parnassienne ; il s'en détache rapidement pour forger une poésie musicale et nostalgique. Lui qui croit trouver dans le mariage la possibilité d'une vie « simple et tranquille » doit vite déchanter. La rencontre avec Rimbaud, en 1871, ruine ses projets. Leur vie commune est une succession d'altercations et de séparations. Après avoir tiré sur le jeune poète, Verlaine est emprisonné deux ans. Là, il se convertit, mais aux accents mystiques se mêle une sensualité trouble. Séparé de sa femme, il devient alcoolique et mène une vie précaire, alors même que sa poésie et son influence commencent à être reconnues, notamment par les jeunes poètes symbolistes.

Après trois ans

Ayant poussé la porte étroite qui chancelle,
Je me suis promené dans le petit jardin
Qu'éclairait doucement le soleil du matin,
Pailletant chaque fleur d'une humide étincelle.

Rien n'a changé. J'ai tout revu : l'humble tonnelle
De vigne folle avec les chaises de rotin...
Le jet d'eau fait toujours son murmure argentin
Et le vieux tremble[1] sa plainte sempiternelle.

1. Peuplier à écorce lisse dont les feuilles frissonnent au moindre souffle.

Les roses comme avant palpitent ; comme avant,
Les grands lys orgueilleux se balancent au vent,
Chaque alouette qui va et vient m'est connue.

Même j'ai retrouvé debout la Velléda [1],
Dont le plâtre s'écaille au bout de l'avenue,
Grêle, parmi l'odeur fade du réséda [2].

Mon rêve familier

Je fais souvent ce rêve étrange et pénétrant
D'une femme inconnue, et que j'aime, et qui m'aime,
Et qui n'est, chaque fois, ni tout à fait la même
Ni tout à fait une autre, et m'aime et me comprend.

Car elle me comprend, et mon cœur transparent
Pour elle seule, hélas ! cesse d'être un problème
Pour elle seule, et les moiteurs de mon front blême,
Elle seule les sait rafraîchir, en pleurant.

Est-elle brune, blonde ou rousse ? — Je l'ignore.
Son nom ? Je me souviens qu'il est doux et sonore,
Comme ceux des aimés que la Vie exila.

Son regard est pareil au regard des statues,
Et, pour sa voix, lointaine, et calme, et grave, elle a
L'inflexion des voix chères qui se sont tues.

---

1. Prêtresse et prophétesse germaine du Ier siècle qui soutint la révolte des Bataves contre les Romains. Après la défaite, elle refusa de se plier et fut livrée à ces derniers.
2. Plante à fleurs blanchâtres ou jaunâtres.

Green

Voici des fruits, des fleurs, des feuilles et des branches
Et puis voici mon cœur qui ne bat que pour vous.
Ne le déchirez pas avec vos deux mains blanches
Et qu'à vos yeux si beaux l'humble présent soit doux.

J'arrive tout couvert encore de rosée
Que le vent du matin vient glacer à mon front.
Souffrez que ma fatigue à vos pieds reposée
Rêve des chers instants qui la délasseront.

Sur votre jeune sein laissez rouler ma tête
Toute sonore encor de vos derniers baisers ;
Laissez-la s'apaiser de la bonne tempête.
Et que je dorme un peu puisque vous reposez.

« Il pleure dans mon cœur… »

Il pleut doucement sur la ville

(Arthur Rimbaud)

Il pleure dans mon cœur
Comme il pleut sur la ville ;
Quelle est cette langueur
Qui pénètre mon cœur ?

Ô bruit doux de la pluie
Par terre et sur les toits !
Pour un cœur qui s'ennuie,
Ô le chant de la pluie !

Il pleure sans raison
Dans ce cœur qui s'écœure.
Quoi ! nulle trahison ?...
Ce deuil est sans raison.

C'est bien la pire peine
De ne savoir pourquoi
Sans amour et sans haine
Mon cœur a tant de peine !

ARTHUR RIMBAUD (1854-1891)

Ce poète devenu un mythe n'est l'auteur que d'un seul livre, Une saison en enfer, *publié à compte d'auteur et resté impayé. De province où il s'ennuie, il écrit des vers et les adresse à Verlaine qu'il rejoint à Paris. Ils mènent tous deux une vie trouble et, ses ambitions d'artiste déçues, il part plus loin, à l'aventure. D'Afrique, il rentrera désabusé et malade pour mourir à Marseille dans d'atroces conditions. Mais il est devenu un écrivain connu et sa destinée posthume est plus impressionnante encore.*

Le dormeur du val

C'est un trou de verdure où chante une rivière
Accrochant follement aux herbes des haillons
D'argent ; où le soleil, de la montagne fière,
Luit : c'est un petit val qui mousse de rayons.

Un soldat jeune, bouche ouverte, tête nue,
Et la nuque baignant dans le frais cresson bleu,
Dort ; il est étendu dans l'herbe, sous la nue,
Pâle dans son lit vert où la lumière pleut.

Les pieds dans les glaïeuls, il dort. Souriant comme
Sourirait un enfant malade, il fait un somme :
Nature, berce-le chaudement : il a froid.

Les parfums ne font pas frissonner sa narine;
Il dort dans le soleil, la main sur sa poitrine
Tranquille. Il a deux trous rouges au côté droit.

Octobre 1870.

Ma bohême

(fantaisie)

Je m'en allais, les poings dans mes poches crevées;
Mon paletot aussi devenait idéal;
J'allais sous le ciel, Muse[1]! et j'étais ton féal[2];
Oh! là là! que d'amours splendides j'ai rêvées!

Mon unique culotte avait un large trou.
— Petit-Poucet rêveur, j'égrenais dans ma course
Des rimes. Mon auberge était à la Grande-Ourse,
— Mes étoiles au ciel avaient un doux frou-frou

Et je les écoutais, assis au bord des routes,
Ces bons soirs de septembre où je sentais des gouttes
De rosée à mon front, comme un vin de vigueur;

Où, rimant au milieu des ombres fantastiques,
Comme des lyres, je tirais les élastiques
De mes souliers blessés, un pied près de mon cœur!

---

1. Poésie, inspiration poétique.
2. Celui qui reste fidèle à la foi jurée.

Roman

I

On n'est pas sérieux, quand on a dix-sept ans.
— Un beau soir, foin des bocks[1] et de la limonade,
Des cafés tapageurs aux lustres éclatants !
— On va sous les tilleuls verts de la promenade.

Les tilleuls sentent bon dans les bons soirs de juin !
L'air est parfois si doux, qu'on ferme la paupière ;
Le vent chargé de bruits, — la ville n'est pas loin, —
A des parfums de vigne et des parfums de bière...

II

— Voilà qu'on aperçoit un tout petit chiffon
D'azur sombre, encadré d'une petite branche,
Piqué d'une mauvaise étoile, qui se fond
Avec de doux frissons, petite et toute blanche...

Nuit de juin ! Dix-sept ans ! — On se laisse griser.
La sève est du champagne et vous monte à la tête.
On divague ; on se sent aux lèvres un baiser
Qui palpite là, comme une petite bête...

III

Le cœur fou robinsonne à travers les romans,
— Lorsque, dans la clarté d'un pâle réverbère,

1. Au café, verre de bière d'environ 25 cl.

Passe une demoiselle aux petits airs charmants,
Sous l'ombre du faux-col effrayant de son père...

Et, comme elle vous trouve immensément naïf,
Tout en faisant trotter ses petites bottines,
Elle se tourne, alerte et d'un mouvement vif...
— Sur vos lèvres alors meurent les cavatines[1]...

IV

Vous êtes amoureux. Loué jusqu'au mois d'août.
Vous êtes amoureux. — Vos sonnets La font rire.
Tous vos amis s'en vont, vous êtes mauvais goût.
— Puis l'adorée, un soir, a daigné vous écrire...!

— Ce soir-là,... — vous rentrez aux cafés éclatants,
Vous demandez des bocks ou de la limonade...
— On n'est pas sérieux, quand on a dix-sept ans
Et qu'on a des tilleuls verts sur la promenade.

29 septembre 1870.

1. Dans un opéra, pièces vocales assez courtes, plus brèves que l'air sur lequel on les chante.

ALBERT SAMAIN (1858-1900)

Né à Lille, il mène une existence obscure et modeste, malgré une certaine célébrité. Il admire Baudelaire et Verlaine, est proche des symbolistes, mais aussi des parnassiens par son goût des belles formes.

« Mon enfance captive... »

Mon enfance captive a vécu dans des pierres,
Dans la ville où sans fin, vomissant le charbon,
L'usine en feu dévore un peuple moribond.
Et pour voir des jardins je fermais les paupières...

J'ai grandi ; j'ai rêvé d'orient, de lumières,
De rivages de fleurs où l'air tiède sent bon,
De cités aux noms d'or, et, seigneur vagabond,
De pavés florentins où traîner des rapières.

Puis je pris en dégoût le carton du décor
Et maintenant, j'entends en moi l'âme du nord
Qui chante, et chaque jour j'aime d'un cœur plus fort

---

1. Scandale, manifestation orale, bruyante, contre quelqu'un ou quelque chose.

Ton air de sainte femme, ô ma terre de Flandre,
Ton peuple grave et droit, ennemi de l'esclandre[1],
Ta douceur de misère où le cœur se sent prendre,

Tes marais, tes prés verts où rouissent[1] les lins,
Tes bateaux, ton ciel gris où tournent les moulins,
Et cette veuve en noir avec ses orphelins...

1. Pour isoler les fibres textiles du lin, on les fait macérer dans l'eau, ou on les expose à la rosée, à une chaleur humide : on les rouit.

PAUL VALÉRY (1871-1945)

Charmes (1922)

(Gallimard)

C'est un penseur et un poète considéré comme une idole par ses contemporains, il défend le travail de l'écriture, la conscience et la raison contre l'inspiration, l'inconscient et l'irrationnel. Il se sent peu de points communs avec l'art moderne qu'il conçoit comme une succession de modes et prône le néo-classicisme au moment du cubisme et du surréalisme.

Les pas

Tes pas, enfants de mon silence,
Saintement, lentement placés,
Vers le lit de ma vigilance
Procèdent muets et glacés.

Personne pure, ombre divine,
Qu'ils sont doux, tes pas retenus !
Dieux !... tous les dons que je devine
Viennent à moi sur ces pieds nus !

Si, de tes lèvres avancées,
Tu prépares pour l'apaiser,
À l'habitant de mes pensées
La nourriture d'un baiser,

Ne hâte pas cet acte tendre,
Douceur d'être et de n'être pas,
Car j'ai vécu de vous attendre,
Et mon cœur n'était que vos pas.

GUILLAUME APOLLINAIRE (1880-1918)

Alcools (1913)

(Gallimard)

D'origine étrangère, il parle italien et polonais jusqu'à sept ans, ce qui explique sans doute un étonnement devant la langue française propice au travail poétique. N'étant pas rentier, il est contraint à bien des travaux alimentaires (journalisme, romans licencieux...) et devient dans le même temps un familier et un défenseur des peintres cubistes qui sont honnis par l'opinion. Ce qui fait sa marque, en poésie, c'est la simplicité des émotions, la beauté du murmure plaintif et du soupir enfantin qui le situent dans la lignée de Villon, Verlaine, et des chansons populaires.

Saltimbanques

À Louis Dumur.

Dans la plaine les baladins
S'éloignent au long des jardins
Devant l'huis[1] des auberges grises
Par les villages sans églises

Et les enfants s'en vont devant
Les autres suivent en rêvant
Chaque arbre fruitier se résigne
Quand de très loin ils lui font signe

1. Porte d'une maison.

Ils ont des poids ronds ou carrés
Des tambours des cerceaux dorés
L'ours et le singe animaux sages
Quêtent des sous sur leur passage

Le pont Mirabeau

Sous le pont Mirabeau coule la Seine
Et nos amours
Faut-il qu'il m'en souvienne
La joie venait toujours après la peine

Vienne la nuit sonne l'heure
Les jours s'en vont je demeure

Les mains dans les mains restons face à face
Tandis que sous
Le pont de nos bras passe
Des éternels regards l'onde si lasse

Vienne la nuit sonne l'heure
Les jours s'en vont je demeure

L'amour s'en va comme cette eau courante
L'amour s'en va
Comme la vie est lente
Et comme l'Espérance est violente

Vienne la nuit sonne l'heure
Les jours s'en vont je demeure

Passent les jours et passent les semaines
Ni temps passé
Ni les amours reviennent
Sous le pont Mirabeau coule la Seine

Vienne la nuit sonne l'heure
Les jours s'en vont je demeure

Nuit rhénane

Mon verre est plein d'un vin trembleur comme une flamme
Écoutez la chanson lente d'un batelier
Qui raconte avoir vu sous la lune sept femmes
Tordre leurs cheveux verts et longs jusqu'à leurs pieds

Debout chantez plus haut en dansant une ronde
Que je n'entende plus le chant du batelier
Et mettez près de moi toutes les filles blondes
Au regard immobile aux nattes repliées

Le Rhin le Rhin est ivre où les vignes se mirent
Tout l'or des nuits tombe en tremblant s'y refléter
La voix chante toujours à en râle-mourir
Ces fées aux cheveux verts qui incantent l'été

Mon verre s'est brisé comme un éclat de rire

Mai

Le mai le joli mai en barque sur le Rhin
Des dames regardaient du haut de la montagne
Vous êtes si jolies mais la barque s'éloigne
Qui donc a fait pleurer les saules riverains

Or des vergers fleuris se figeaient en arrière
Les pétales tombés des cerisiers de mai
Sont les ongles de celle que j'ai tant aimée
Les pétales flétris sont comme ses paupières

Sur le chemin du bord du fleuve lentement
Un ours un singe un chien menés par des tziganes
Suivaient une roulotte traînée par un âne
Tandis que s'éloignait dans les vignes rhénanes
Sur un fifre lointain un air de régiment

Le mai le joli mai a paré les ruines
De lierre de vigne vierge et de rosiers
Le vent du Rhin secoue sur le bord les osiers
Et les roseaux jaseurs[1] et les fleurs nues des vignes

1. Qui jasent, qui bavardent, à la manière d'une pie, d'un geai.

JULES SUPERVIELLE (1884-1960)

Le Forçat innocent (1930)

(Gallimard)

Auteur d'une œuvre riche et abondante, mais surtout inclassable, car à l'abri de toute école, ce poète, dramaturge et romancier est né à Montevideo où ses parents, français, avaient émigré. Ils meurent quand il n'a que huit mois et est recueilli par son oncle et sa tante qui l'élèvent en Uruguay comme leur fils. À l'âge de dix ans, on l'envoie faire ses études à Paris où il écrira dès 1901 ses premiers poèmes. Il étudie les langues étrangères et se marie en Uruguay. Il aura six enfants et partagera sa vie entre l'Amérique du Sud et la France. Écrire sera son unique et permanente activité.

Vivre encore

Ce qu'il faut de nuit
Au-dessus des arbres,
Ce qu'il faut de fruits
Aux tables de marbre,
Ce qu'il faut d'obscur
Pour que le sang batte,
Ce qu'il faut de pur
Au cœur écarlate,
Ce qu'il faut de jour
Sur la page blanche,
Ce qu'il faut d'amour
Au fond du silence.

Et l'âme sans gloire
Qui demande à boire,
Le fil de nos jours
Chaque jour plus mince,
Et le cœur plus sourd
Les ans qui le pincent.
Nul n'entend que nous
La poulie qui grince,
Le seau est si lourd.

« Un bœuf gris de la Chine… »

Un bœuf gris de la Chine
Couché dans son étable
Allonge son échine
Et dans le même instant
Un bœuf de l'Uruguay
Se retourne pour voir
Si quelqu'un a bougé.

Vole sur l'un et l'autre
À travers jour et nuit
L'oiseau qui fait sans bruit
Le tour de la planète
Et jamais ne la touche
Et jamais ne s'arrête.

Les Amis inconnus (1934)
(Gallimard)

Les chevaux du temps

Quand les chevaux du Temps s'arrêtent à ma porte
J'hésite un peu toujours à les regarder boire
Puisque c'est de mon sang qu'ils étanchent leur soif.
Ils tournent vers ma face un œil reconnaissant
Pendant que leurs longs traits m'emplissent de faiblesse
Et me laissent si las, si seul et décevant
Qu'une nuit passagère envahit mes paupières
Et qu'il me faut soudain refaire en moi des forces
Pour qu'un jour où viendrait l'attelage assoiffé
Je puisse encore vivre et les désaltérer.

La Fable du monde (1938)

(Gallimard)

« Encore frissonnant... »

Encore frissonnant
Sous la peau des ténèbres
Tous les matins je dois
Recomposer un homme
Avec tout ce mélange
De mes jours précédents
Et le peu qui me reste
De mes jours à venir.
Me voici tout entier,
Je vais vers la fenêtre.
Lumière de ce jour,
Je viens du fond des temps,
Respecte avec douceur
Mes minutes obscures,
Épargne encore un peu
Ce que j'ai de nocturne,
D'étoilé en dedans
Et de prêt à mourir
Sous le soleil montant
Qui ne sait que grandir.

JEAN COCTEAU (1889-1963)

La Partie d'échecs (1961)

(Gallimard)

Polygraphe et touche-à-tout (dessinateur, cinéaste, décorateur, chorégraphe, homme de théâtre et romancier), on lui reproche parfois — mais à tort — une œuvre brillante que l'on juge facile.

Le chercheur dort

Coq de roche il éclate aux montagnes Rocheuses
Ton cri de roc en roc,
Éveillant dans leur couche humide les chercheuses,
Les chercheuses d'or, coq !

Cherchez les feuilles d'or et les lames de sabre
Et les lames de soc,
Dans l'écume sanglante où le bateau se cabre
À la crête du coq.

L'adolescent parcourt, dès l'aube scélérate,
Rêve, tes corridors ;
Et mieux que dans le lit du Tigre et de l'Euphrate
Trouve des lingots d'or.

Il meurt pour s'endormir sous le soleil des fièvres,
Et se réveille mort...
Chercheuses d'or mettez votre doigt sur vos lèvres :
Halte ! Le chercheur dort.

PAUL ÉLUARD (1895-1952)

Capitale de la douleur (1926)

(Gallimard)

Issu d'un milieu modeste, le poète naît à Saint-Denis et connaît en peu de temps trois expériences qui marqueront sa poésie : la maladie qui le contraint à partir dans un sanatorium en 1912 ; l'amour, il rencontre Gala ; et la guerre, où il est mobilisé comme infirmier puis volontaire pour le front.

Tout de suite après la guerre, il se lie avec André Breton et Louis Aragon et intègre le groupe surréaliste. Proche des peintres Max Ernst et Pablo Picasso, il construit une œuvre où se mêlent le désespoir et la générosité, les préoccupations sociales et la célébration de l'amour fou. Pendant la Seconde Guerre mondiale, il écrit des poèmes engagés contre l'occupation allemande et renoue avec le parti communiste des liens qu'il ne brisera plus.

« La courbe de tes yeux... »

La courbe de tes yeux fait le tour de mon cœur,
Un rond de danse et de douceur,
Auréole du temps, berceau nocturne et sûr,
Et si je ne sais plus tout ce que j'ai vécu
C'est que tes yeux ne m'ont pas toujours vu.

Feuilles de jour et mousse de rosée,
Roseaux du vent, sourires parfumés,
Ailes couvrant le monde de lumière,
Bateaux chargés du ciel et de la mer,
Chasseurs des bruits et sources des couleurs,

Parfums éclos d'une couvée d'aurores
Qui gît toujours sur la paille des astres,
Comme le jour dépend de l'innocence
Le monde entier dépend de tes yeux purs
Et tout mon sang coule dans leurs regards.

L'Amour la poésie (1929)
(Gallimard)

« Je te l'ai dit… »

Je te l'ai dit pour les nuages
Je te l'ai dit pour l'arbre de la mer
Pour chaque vague pour les oiseaux dans les feuilles
Pour les cailloux du bruit
Pour les mains familières
Pour l'œil qui devient visage ou paysage
Et le sommeil lui rend le ciel de sa couleur
Pour toute la nuit bue
Pour la grille des routes
Pour la fenêtre ouverte pour un front découvert
Je te l'ai dit pour tes pensées pour tes paroles
Toute caresse toute confiance se survivent.

Le Livre ouvert (1947)

(Gallimard)

Pour vivre ici

Je fis un feu, l'azur m'ayant abandonné,
Un feu pour être son ami,
Un feu pour m'introduire dans la nuit d'hiver,
Un feu pour vivre mieux.

Je lui donnai ce que le jour m'avait donné :
Les forêts, les buissons, les champs de blé, les vignes,
Les nids et leurs oiseaux, les maisons et leurs clés,
Les insectes, les fleurs, les fourrures, les fêtes.

Je vécus au seul bruit des flammes crépitantes,
Au seul parfum de leur chaleur;
J'étais comme un bateau coulant dans l'eau fermée,
Comme un mort je n'avais qu'un unique élément.

Après, poèmes politiques (1948)
(Gallimard)

Dit de la force de l'amour

Entre tous mes tourments entre la mort et moi
Entre mon désespoir et la raison de vivre
Il y a l'injustice et ce malheur des hommes
Que je ne peux admettre il y a ma colère

Il y a les maquis couleur de sang d'Espagne
Il y a les maquis couleur du ciel de Grèce
Le pain le sang le ciel et le droit à l'espoir
Pour tous les innocents qui haïssent le mal

La lumière toujours est tout près de s'éteindre
La vie toujours s'apprête à devenir fumier
Mais le printemps renaît qui n'en a pas fini
Un bourgeon sort du noir et la chaleur s'installe

Et la chaleur aura raison des égoïstes
Leurs sens atrophiés n'y résisteront pas
J'entends le feu parler en riant de tiédeur
J'entends un homme dire qu'il n'a pas souffert

Toi qui fus de ma chair la conscience sensible
Toi que j'aime à jamais toi qui m'as inventé
Tu ne supportais pas l'oppression ni l'injure
Tu chantais en rêvant le bonheur sur la terre

Tu rêvais d'être libre et je te continue.

Le Phénix (1951)

(Seghers)

Je t'aime

Je t'aime pour toutes les femmes que je n'ai pas connues
Je t'aime pour tous les temps où je n'ai pas vécu
Pour l'odeur du grand large et l'odeur du pain chaud
Pour la neige qui fond pour les premières fleurs
Pour les animaux purs que l'homme n'effraie pas
Je t'aime pour aimer
Je t'aime pour toutes les femmes que je n'aime pas

Qui me reflète sinon toi-même je me vois si peu
Sans toi je ne vois rien qu'une étendue déserte
Entre autrefois et aujourd'hui
Il y a eu toutes ces morts que j'ai franchies sur de la paille
Je n'ai pas pu percer le mur de mon miroir
Il m'a fallu apprendre mot par mot la vie
Comme on oublie

Je t'aime pour ta sagesse qui n'est pas la mienne
Pour la santé
Je t'aime contre tout ce qui n'est qu'illusion
Pour ce cœur immortel que je ne détiens pas
Tu crois être le doute et tu n'es que raison
Tu es le grand soleil qui me monte à la tête
Quand je suis sûr de moi.

LOUIS ARAGON (1897-1982)

Le Crève-Cœur (1941)

(Gallimard)

Il grandit en pensant que sa mère était sa sœur, parce que son père, préfet de police et ambassadeur, déjà marié, n'avait pas voulu le reconnaître. Il vit une enfance triste et faussement bourgeoise, sa famille étant en réalité dans la gêne. Élève brillant qui a tout lu, il est un écrivain précoce et extrêmement doué. Il commence des études de médecine comme André Breton qu'il rencontre en 1917, puis ils sont tous deux mobilisés et se retrouvent au Val-de-Grâce. De leur immense amitié naîtra le surréalisme, dont Aragon s'éloignera ensuite pour des raisons politiques. En 1928, il fait la connaissance d'Elsa Triolet et, avec elle, rencontre le communisme, et restera fidèle à l'une jusqu'à sa mort en 1970 et à l'autre jusqu'à sa propre mort, bien après la déstalinisation. Son œuvre est multiple, puisqu'elle débute par les éblouissements surréalistes, mais ce qu'on lit le plus aujourd'hui, c'est sa poésie nationale, la poésie de la France en guerre et de la Résistance à l'occupant allemand.

Les lilas et les roses

Ô mois des floraisons mois des métamorphoses
Mai qui fut sans nuage et Juin poignardé
Je n'oublierai jamais les lilas ni les roses
Ni ceux que le printemps dans ses plis a gardés

Je n'oublierai jamais l'illusion tragique
Le cortège les cris la foule et le soleil

Les chars chargés d'amour les dons de la Belgique
L'air qui tremble et la route à ce bourdon d'abeilles
Le triomphe imprudent qui prime la querelle
Le sang que préfigure en carmin le baiser
Et ceux qui vont mourir debout dans les tourelles
Entourés de lilas par un peuple grisé

Je n'oublierai jamais les jardins de la France
Semblables aux missels des siècles disparus
Ni le trouble des soirs l'énigme du silence
Les roses tout le long du chemin parcouru
Le démenti des fleurs au vent de la panique
Aux soldats qui passaient sur l'aile de la peur
Aux vélos délirants aux canons ironiques
Au pitoyable accoutrement des faux campeurs

Mais je ne sais pourquoi ce tourbillon d'images
Me ramène toujours au même point d'arrêt
À Sainte-Marthe Un général De noirs ramages
Une villa normande au bord de la forêt
Tout se tait L'ennemi dans l'ombre se repose
On nous a dit ce soir que Paris s'est rendu
Je n'oublierai jamais les lilas ni les roses
Et ni les deux amours que nous avons perdus

Bouquets du premier jour lilas lilas des Flandres
Douceur de l'ombre dont la mort farde les joues
Et vous bouquets de la retraite roses tendres
Couleur de l'incendie au loin roses d'Anjou

Les Yeux d'Elsa (1942)
(Seghers)

C

J'ai traversé les ponts de Cé[1]
C'est là que tout a commencé

Une chanson des temps passés
Parle d'un chevalier blessé

D'une rose sur la chaussée
Et d'un corsage délacé

Du château d'un duc insensé
Et des cygnes dans les fossés

De la prairie où vient danser
Une éternelle fiancée

Et j'ai bu comme un lait glacé
Le long lai[2] des gloires faussées

La Loire emporte mes pensées
Avec les voitures versées

Et les armes désamorcées
Et les larmes mal effacées

Ô ma France ô ma délaissée
J'ai traversé les ponts de Cé

1. Les-Ponts-de-Cé est une commune sur la Loire, près d'Angers.
2. Forme poétique du Moyen Âge, narrative ou lyrique.

Le Roman inachevé (1956)
(Gallimard)

« Je chante pour passer le temps... »

Je chante pour passer le temps
Petit qu'il me reste de vivre
Comme on dessine sur le givre
Comme on se fait le cœur content
À lancer cailloux sur l'étang
Je chante pour passer le temps

J'ai vécu le jour des merveilles
Vous et moi souvenez-vous-en
Et j'ai franchi le mur des ans
Des miracles plein les oreilles
Notre univers n'est plus pareil
J'ai vécu le jour des merveilles

Allons que ces doigts se dénouent
Comme le front d'avec la gloire
Nos yeux furent premiers à voir
Les nuages plus bas que nous
Et l'alouette à nos genoux
Allons que ces doigts se dénouent

Nous avons fait des clairs de lune
Pour nos palais et nos statues
Qu'importe à présent qu'on nous tue
Les nuits tomberont une à une
La Chine s'est mise en Commune
Nous avons fait des clairs de lune

Et j'en dirais et j'en dirais
Tant fut cette vie aventure
Où l'homme a pris grandeur nature
Sa voix par-dessus les forêts
Les monts les mers et les secrets
Et j'en dirais et j'en dirais

Oui pour passer le temps je chante
Au violon s'use l'archet
La pierre au jeu des ricochets
Et que mon amour est touchante
Près de moi dans l'ombre penchante
Oui pour passer le temps je chante

Je passe le temps en chantant
Je chante pour passer le temps

« Il n'aurait fallu... »

Il n'aurait fallu
Qu'un moment de plus
Pour que la mort vienne
Mais une main nue
Alors est venue
Qui a pris la mienne

Qui donc a rendu
Leurs couleurs perdues
Aux jours aux semaines
Sa réalité
À l'immense été
Des choses humaines

Moi qui frémissais
Toujours je ne sais
De quelle colère
Deux bras ont suffi
Pour faire à ma vie
Un grand collier d'air

Rien qu'un mouvement
Ce geste en dormant
Léger qui me frôle
Un souffle posé
Moins Une rosée
Contre mon épaule

Un front qui s'appuie
À moi dans la nuit
Deux grands yeux ouverts
Et tout m'a semblé
Comme un champ de blé
Dans cet univers

Un tendre jardin
Dans l'herbe où soudain
La verveine pousse
Et mon cœur défunt
Renaît au parfum
Qui fait l'ombre douce

PHILIPPE SOUPAULT (1897-1990)

Poèmes retrouvés, 1918-1982 (1981)

(Lachemal et Ritter)

Né dans une famille de la grande bourgeoisie, il traverse une enfance pleine d'ennui mais illuminée par des lectures passionnées. Même s'il est l'auteur, avec André Breton, des Champs magnétiques *(1920), il reste attaché à son indépendance et répugne à sacrifier au mouvement surréaliste ses amitiés et ses admirations littéraires. Son œuvre est révélatrice d'une curiosité et d'un éclectisme impressionnants.*

Rien

Plus rien même pas de la cendre
même pas le souvenir   plus rien
Plus rien sauf cette joie de l'oubli
ce vent de l'oubli qui arrache tout
détruit tout et saccage le reste
Le moment est enfin venu de ne plus espérer
de ne plus attendre de ne plus croire
de ne plus s'imaginer de ne plus trembler
savoir qu'on ne craint plus le vide
que tout est consommé consumé désincarné
que ce qui était n'est plus   plus rien
même plus   rien   même pas le néant

Je ne ricane plus je ne souris plus
je ne baisse plus les yeux ni ne les lève

je ne les frotte même plus je ne dors pas
je veille comme une pierre sans son ombre
et je suis transparent comme le temps
je vis comme vivent les nuages et la fumée
je m'efface et jusqu'aux dernières traces

HENRI MICHAUX (1899-1984)

Qui je fus (1927)

(Gallimard)

Poète d'origine belge, il s'est toujours voulu hors des cadres et des mouvements de son temps. Après une enfance dure où il est peu aimé, il fait une longue série de voyages et crée une œuvre poétique et picturale à la recherche de l'inconnu. Il commence à écrire en 1925, après sa découverte de Lautréamont, et se met à peindre à la même époque, après le choc causé par les tableaux de Paul Klee, Max Ernst et Giorgio de Chirico.

Le grand combat

Il l'emparouille te l'endosque contre terre ;
Il le rague et le roupète jusqu'à son drâle ;
Il le pratèle et le libuque et lui baruffle les ouillais ;
Il le tocarde et le marmine,
Le manage rape à ri et ripe à ra.
Enfin il l'écorcobalisse.
L'autre hésite, s'espudrine, se défaisse, se torse et se ruine.
C'en sera bientôt fini de lui ;
Il se reprise et s'emmargine... mais en vain
Le cerceau tombe qui a tant roulé.
Abrah ! Abrah ! Abrah !
Le pied a failli !
Le bras a cassé !
Le sang a coulé !
Fouille, fouille, fouille

Dans la marmite de son ventre est un grand secret
Mégères alentour qui pleurez dans vos mouchoirs ;
On s'étonne, on s'étonne, on s'étonne
Et vous regarde,
On cherche aussi, nous autres, le Grand Secret.

ROBERT DESNOS (1900-1945)

À la mystérieuse (1926)

(Gallimard)

Autodidacte et grand lecteur, il est trop jeune pour être mobilisé pendant la Première Guerre mondiale. Il intègre le groupe surréaliste en 1922. Il y prend une place de premier plan grâce aux expériences de sommeil hypnotique : il est capable d'entrer à volonté dans un état second, d'où il parle en médium au groupe fasciné. Il délivre alors des paroles prophétiques et révèle une étonnante capacité de contestation du langage. C'est à la chanteuse Yvonne George, à laquelle il voue un amour passionné et sans espoir, qu'est dédié « J'ai tant rêvé de toi ». Il livre ensuite une poésie engagée, aux côtés des républicains espagnols et des résistants. Il est arrêté en février 1944 et déporté. Il ne survit pas à la libération du camp de Terezin par les Américains et meurt du typhus.

J'ai tant rêvé de toi

J'ai tant rêvé de toi que tu perds ta réalité.

Est-il encore temps d'atteindre ce corps vivant et de baiser sur cette bouche la naissance de la voix qui m'est chère ?

J'ai tant rêvé de toi que mes bras habitués, en étreignant ton ombre, à se croiser sur ma poitrine ne se plieraient pas au contour de ton corps, peut-être.

Et que, devant l'apparence réelle de ce qui me hante et me gouverne depuis des jours et des années, je deviendrais une ombre sans doute.

Ô balances sentimentales.

J'ai tant rêvé de toi qu'il n'est plus temps sans doute que je m'éveille. Je dors debout, le corps exposé à toutes les apparences de la vie et de l'amour et toi, la seule qui compte aujourd'hui pour moi, je pourrais moins toucher ton front et tes lèvres que les premières lèvres et le premier front venus.

J'ai tant rêvé de toi, tant marché, parlé, couché avec ton fantôme qu'il ne me reste plus peut-être, et pourtant, qu'à être fantôme parmi les fantômes et plus ombre cent fois que l'ombre qui se promène et se promènera allègrement sur le cadran solaire de ta vie.

Contrée (1944)

(Gallimard)

Le paysage

J'avais rêvé d'aimer. J'aime encor mais l'amour
Ce n'est plus ce bouquet de lilas et de roses
Chargeant de leurs parfums la forêt où repose
Une flamme à l'issue de sentiers sans détour.

J'avais rêvé d'aimer. J'aime encor mais l'amour
Ce n'est plus cet orage où l'éclair superpose
Ses bûchers aux châteaux, déroute, décompose,
Illumine en fuyant l'adieu au carrefour.

C'est le silex en feu sous mon pas dans la nuit,
Le mot qu'aucun lexique au monde n'a traduit
L'écume sur la mer, dans le ciel ce nuage.

À vieillir tout devient rigide et lumineux,
Des boulevards sans noms et des cordes sans nœuds.
Je me sens me roidir avec le paysage.

JACQUES PRÉVERT (1900-1977)

Paroles (1946)

(Gallimard)

Avant la poésie, c'est le cinéma qui le rend célèbre : il collabore comme scénariste avec les plus grands metteurs en scène de son temps (Jean Renoir, Marcel Carné). Sa poésie refuse toute spéculation intellectuelle et cherche à rendre compte du réel et du monde moderne. Notre vie la plus simple et la plus immédiate se retrouve dans ses poèmes.

Cortège

Un vieillard en or avec une montre en deuil
Une reine de peine avec un homme d'Angleterre
Et des travailleurs de la paix avec des gardiens de la mer
Un hussard de la farce avec un dindon de la mort
Un serpent à café avec un moulin à lunettes
Un chasseur de corde avec un danseur de têtes
Un maréchal d'écume avec une pipe en retraite
Un chiard[1] en habit noir avec un gentleman au maillot
Un compositeur de potence avec un gibier de musique
Un ramasseur de conscience avec un directeur de mégots
Un repasseur de Coligny avec un amiral de ciseaux
Une petite sœur du Bengale avec un tigre de Saint-Vincent-de-Paul

1. Mot d'argot, signifiant « enfant ».

Un professeur de porcelaine avec un raccommodeur de philosophie
Un contrôleur de la Table Ronde avec des chevaliers de la Compagnie du Gaz de Paris
Un canard à Sainte-Hélène avec un Napoléon à l'orange
Un conservateur de Samothrace avec une Victoire de cimetière
Un remorqueur de famille nombreuse avec un père de haute mer
Un membre de la prostate [1] avec une hypertrophie [2] de l'Académie française
Un gros cheval in partibus [3] avec un grand évêque de cirque
Un contrôleur à la croix de bois avec un petit chanteur d'autobus
Un chirurgien terrible avec un enfant dentiste
Et le général des huîtres avec un ouvreur de Jésuites.

Chanson des escargots qui vont à l'enterrement

À l'enterrement d'une feuille morte
Deux escargots s'en vont
Ils ont la coquille noire
Du crêpe [4] autour des cornes

1. Glande de l'appareil génital masculin qui entraîne fréquemment des problèmes de santé chez les hommes d'un certain âge.
2. Augmentation anormale du volume.
3. Expression latine, *in partibus infidelium*, qui signifie « dans une contrée d'infidèles » : titre donné à un évêque titulaire d'un diocèse situé dans un pays non chrétien et donc dépourvu de fidèles.
4. Tissu léger de soie ou de laine, noir quand il est porté en signe de deuil.

Ils s'en vont dans le soir
Un très beau soir d'automne
Hélas quand ils arrivent
C'est déjà le printemps
Les feuilles qui étaient mortes
Sont toutes ressuscitées
Et les deux escargots
Sont très désappointés
Mais voilà le soleil
Le soleil qui leur dit
Prenez prenez la peine
La peine de vous asseoir
Prenez un verre de bière
Si le cœur vous en dit
Prenez si ça vous plaît
L'autocar pour Paris
Il partira ce soir
Vous verrez du pays
Mais ne prenez pas le deuil
C'est moi qui vous le dis
Ça noircit le blanc de l'œil
Et puis ça enlaidit
Les histoires de cercueils
C'est triste et pas joli
Reprenez vos couleurs
Les couleurs de la vie
Alors toutes les bêtes
Les arbres et les plantes
Se mettent à chanter
À chanter à tue-tête
La vraie chanson vivante
La chanson de l'été
Et tout le monde de boire
Tout le monde de trinquer

C'est un très joli soir
Un joli soir d'été
Et les deux escargots
S'en retournent chez eux
Ils s'en vont très émus
Ils s'en vont très heureux
Comme ils ont beaucoup bu
Ils titubent un p'tit peu
Mais là-haut dans le ciel
La lune veille sur eux.

RAYMOND QUENEAU (1903-1976)
L'Instant fatal (1948)
(Gallimard)

Fils de merciers du Havre, il découvre pendant ses études secondaires les trois principaux centres d'intérêt de sa vie : la littérature, la philosophie et les mathématiques. Sa curiosité encyclopédique l'amène à devenir le directeur de l'« Encyclopédie de la Pléiade » que Gallimard lance en 1954. Sa volonté d'arracher l'acte d'écrire au flou de l'inspiration pour le subordonner à des règles rigoureuses de mathématicien en fait l'un des membres de l'OuLiPo, en 1960, ce qui n'empêche pas sa poésie de se définir par une très grande fantaisie.

Si tu t'imagines

Si tu t'imagines
si tu t'imagines
fillette fillette
si tu t'imagines
xa va xa va xa
va durer toujours
la saison des za
la saison des za
saison des amours
ce que tu te goures
fillette fillette
ce que tu te goures

Si tu crois petite
si tu crois ah ah
que ton teint de rose
ta taille de guêpe
tes mignons biceps
tes ongles d'émail
ta cuisse de nymphe
et ton pied léger
si tu crois petite
xa va xa va xa
va durer toujours
ce que tu te goures
fillette fillette
ce que tu te goures

les beaux jours s'en vont
les beaux jours de fête
soleils et planètes
tournent tous en rond
mais toi ma petite
tu marches tout droit
vers sque tu vois pas
très sournois s'approchent
la ride véloce
la pesante graisse
le menton triplé
le muscle avachi
allons cueille cueille
les roses les roses
roses de la vie
et que leurs pétales
soient la mer étale
de tous les bonheurs
allons cueille cueille

si tu le fais pas
ce que tu te goures
fillette fillette
ce que tu te goures

Courir les rues, Battre la campagne,
Fendre les flots (1969)
(Gallimard)

Sirène foraine

Dans la baignoire nage une sirène
pas plus grande que le doigt
c'est à la fête foraine
que j'ai acheté ça

je la regarde grandir
en la nourrissant de morue
maintenant elle sait sourire
et se tient sage mais nue

un beau jour qu'entends-je et qu'ouïs-je ?
un chant menu mais bien formé
je suis séduit par ses arpèges
hélas où cela m'a mené

je m'avilis et je m'exalte
devant cet être déchaîné
mais l'amour doit faire halte
et ne point se réaliser

je souffre et je me désespère
la conjonction est impossible
alors à la fin j'en ai marre
et je vidange la baignoire

cette belle incorrigible
disparaît avec le liquide
je redeviens un homme adulte
un peu froissé par le tumulte

LÉOPOLD SÉDAR SENGHOR (1906-2001)

Chants d'ombre (1945)

(Seuil)

Après de brillantes études en France, Senghor, écrivain et poète, deviendra le premier président de la République du Sénégal. Son écriture se revendique de la négritude définie par Aimé Césaire, mais elle en infléchit le sens en direction d'un universalisme. Senghor est le symbole du rapprochement entre la France et ses anciennes colonies.

« Femme nue, femme noire... »

Femme nue, femme noire
Vêtue de ta couleur qui est vie, de ta forme qui est beauté !
J'ai grandi à ton ombre, la douceur de tes mains bandait mes yeux.
Et voilà qu'au cœur de l'été et de midi, je te découvre, terre promise du haut d'un haut col calciné
Et ta beauté me foudroie en plein cœur comme l'éclair d'un aigle.

Femme nue, femme obscure !
Fruit mûr à la chair ferme, sombres extases du vin noir, bouche qui fais lyrique ma bouche
Savane aux horizons purs, savane qui frémis aux caresses ferventes du Vent d'Est
Tam-tam sculpté, tam-tam tendu qui grondes sous les doigts du Vainqueur
Ta voix grave de contre-alto est le chant spirituel de l'Aimée.

Femme nue, femme obscure !
Huile que ne ride nul souffle, huile calme aux flancs de l'athlète, aux flancs des princes du Mali
Gazelle aux attaches célestes, les perles sont étoiles sur la nuit de ta peau
Délices des jeux de l'esprit, les reflets de l'or rouge sur ta peau qui se moire[1].
À l'ombre de ta chevelure, s'éclaire mon angoisse aux soleils prochains de tes yeux.

Femme nue, femme noire !
Je chante ta beauté qui passe, forme que je fixe dans l'éternel
Avant que le destin jaloux ne te réduise en cendres pour nourrir les racines de la vie.

1. Rend chatoyant.

JEAN LESCURE (1912-2005)
in OuLiPo, *La Littérature potentielle* (1973)
(Gallimard)

Écrivain français, engagé dès 1934 dans la lutte contre le fascisme (il entre au Comité de vigilance des intellectuels antifascistes), il dirige, pendant la Seconde Guerre mondiale, la revue Messages, *qui publie des poèmes de résistance. En 1960, il participe à la fondation de l'OuLipo et continue à publier des recueils de poèmes. Parallèlement, il œuvre pour la promotion du cinéma d'art et d'essai.*

Poème pour bègue

À Didyme[1] où nous nous baignâmes
les murmures de l'Ararat[2]
cessaient de faire ce rare ah !
leçon sombre où brouiller les âmes.

Même et marine Marmara[3]
tu tues un temps tendre à périr.
L'âme erre amère en des désirs
qui quitte enfin un art à rats.

---

1. Ville de Turquie.
2. Massif volcanique de Turquie, près des frontières de l'Iran ; c'est sur ce mont que l'arche de Noé s'arrête, dans la Bible, à la fin du Déluge.
3. Petite mer, au nord-ouest de la Turquie.

Couvrez vraiment l'été, ténèbres !
Terre, tes ruines sont songeuses
pour pourrir rire est une heureuse
ruse, uses-en ô l'ivre de tes fûts funèbres.

RENÉ DE OBALDIA (né en 1918)

Innocentines (1977)

(Grasset)

Dramaturge, romancier et poète né à Hong Kong de mère française et de père panaméen. Il est mobilisé pendant la Seconde Guerre mondiale et fait prisonnier, il ne rentre en France qu'en 1945 et se consacre à la littérature à partir de 1954. Il est rattaché à l'avant-garde littéraire, proche de Henri Michaux et d'Eugène Ionesco.

Le plus beau vers de la langue française

« Le geai gélatineux geignait dans le jasmin. »
Voici, mes zinfints
Sans en avoir l'air
Le plus beau vers
De la langue française.

Ai, eu, ai, in
Le geai gélatineux geignait dans le jasmin...

Le poite aurait pu dire
Tout à son aise :
« Le geai volumineux picorait des pois fins. »
Eh bien ! non, mes zinfints.
Le poite qui a du génie
Jusque dans son délire
D'une main moite

A écrit :

« C'était l'heure divine où, sous le ciel gamin,
LE GEAI GÉLATINEUX GEIGNAIT DANS LE JASMIN. »

Gé, gé, gé, les gé expirent dans le ji.
Là, le geai est agi
Par le génie du poite
Du poite qui s'identifie
À l'oiseau sorti de son nid
Sorti de sa ouate.

Quel galop !
Quel train dans le soupir !
Quel élan souterrain !

Quand vous serez grinds
Mes zinfints
Et que vous aurez une petite amie anglaise
Vous pourrez murmurer
À son oreille dénaturée
Ce vers, le plus beau de la langue française
Et qui vient tout droit du gallo-romain :

« Le geai gélatineux geignait dans le jasmin. »

Admirez comme
voyelles et consonnes sont étroitement liées
les zunes zappuyant les zuns de leurs zailes.
Admirez aussi, mes zinfints,
Ces gé à vif
Ces gé sans fin
Tous ces gé zingénus qui sonnent comme un glas :
Le geai géla... « Blaise ! Trois heures de retenue.

Motif :
Tape le rythme avec son soulier froid
Sur la tête nue de son voisin.
Me copierez cent fois :
“Le geai gélatineux geignait dans le jasmin.” »

JACQUES ROUBAUD (né en 1932)
Les Animaux de tout le monde (1983)
(Seghers)

Poète et mathématicien, comme Raymond Queneau et Jean Lescure avant lui, il fait partie de l'OuLiPo.

Le lombric [1]

Dans la nuit parfumée aux herbes de Provence,
le lombric se réveille et bâille sous le sol,
étirant ses anneaux au sein des mottes molles
il les mâche, digère et fore avec conscience.

Il travaille, il laboure en vrai lombric de France
comme, avant lui, ses père et grand-père ; son rôle,
il le connaît. Il meurt. La terre prend l'obole [2]
de son corps. Aérée, elle reprend confiance.

Le poète, vois-tu, est comme un ver de terre
il laboure les mots, qui sont comme un grand champ
où les hommes récoltent les denrées langagières ;

mais la terre s'épuise à l'effort incessant !
Sans le poète lombric et l'air qu'il lui apporte
le monde étoufferait sous les paroles mortes.

---

1. Ver de terre.
2. Modeste offrande, petite contribution en argent.

Les Animaux de personne (1991)
(Seghers)

Le Maki [1] Mococo

Le Maki Mococo
Son kimono a mis
Pour un goûter d'amis :
Macaque et Okapi
L'Macaque vient d'Macao
L'Okapi d'Bamako.

Le Maki Mococo
Fait goûter ses amis
Pas de macaronis
Mais d'un cake aux kiwis
D'esquimaux au moka
Et kakis en bocaux
Quart de lait de coco
Cacao ou coca
Dans des bols en mica.

« Qui joue au mikado ? »
Dit l'Maki Mococo
Le Macaque dit oui
L'Okapi ne dit mot.

---

1. Mammifère lémurien à museau pointu et fourrure épaisse, à queue longue et touffue.

L'Macaque est un coquin
L'acolyte Okapi
Est du même acabit.
Le Macaque qu'a un coup
Pour gruger les gogos
Rafle tous les kopeks
Du Maki Mococo.

« Ah, mais, quoqu'c'est quoqu'ça ?
Dit l'Maki Mococo
Ton bien est mal acquis. »
Le Macaque dit « quoi ? quoi ? »
« Qui ? Qui ? » dit l'Okapi.

Le Macaque démasqué
Par le Maki Mococo
Prit sa kalachnikoff
Acquise à Malakoff
De Pépé le Moko
Qu'en canne il maquilla
C'est kif kif Chicago.

Mais le Maki Mococo
Au menton les boxa
Le Macaque est K.O.
L'Okapi dans l'coma.

« Ah mes jolis cocos
Comme vous êtes comiques ! »
Dit le Maki Mococo
Saisissant son kodak
Pour immortaliser
Cette scène à jamais

En un bel emaki[1]
À vendre sur les quais
Conti ou Malaquais
Et qu'on ne l'oublie plus.

Le Maki Mococo
Est né à Mexico.
Il s'appelle Dudu.

---

1. Au Japon, rouleau combinant le texte et l'illustration, constituant à sa façon une bande dessinée.

Table des poèmes

Du tableau au texte

Pierre-Olivier Douphis

Du tableau au texte

La Muse inspirant le poète
d'Henri Rousseau
dit le Douanier Rousseau

… *Le visage de l'homme est aussi inexpressif que celui de la femme…*

Une femme et un homme sont debout, immobiles, un peu tournés l'un vers l'autre. La femme a une silhouette très massive. Elle est habillée d'une longue robe bleue à manches longues, parée de plis verticaux, tombant jusqu'au sol et cachant ses pieds. Son large décolleté rond laisse voir un col blanc qui lui monte jusqu'au menton. Des fleurs d'un bleu profond sont déposées dans ses longs cheveux châtains et descendent sur ses épaules et son col blanc. Ce sont des pensées. Le visage de cette femme a une forme ovale parfaite. Ses traits ne sont pas très expressifs. Sa bouche, très rouge et fermée, semble esquisser un vague sourire et ses grands yeux noirs fixent un point vague vers la droite du spectateur. Elle a la main droite levée au niveau de sa figure et indique le ciel d'un geste qui n'est pas très naturel : son index et son majeur sont dressés tandis que l'annulaire et l'auriculaire sont légèrement repliés vers le pouce tendu. Elle a passé son bras gauche derrière la silhouette de l'homme mais on ne voit pas la main, restée derrière le dos.

L'homme est habillé d'un costume noir dont la veste déboutonnée laisse voir un gilet marron et une chemise blanche. Il a les cheveux courts et bruns, séparés par une raie au centre du crâne. Son visage est aussi inexpressif que celui de la femme. Il regarde de la même façon un point vague sur la gauche du spectateur. Ses deux bras sont rabattus le long de son corps et ses mains tiennent chacune un objet blanc qui se détache sur le noir de son costume : dans la main gauche, il a un rouleau de papier et dans la droite aux longs doigts tendus, il tient une plume.

Ces deux personnages sont placés dans la nature. Devant eux, au premier plan, on compte dix fleurs qui poussent dans l'herbe (deux blanches, trois rose pâle, deux rose foncé et trois rouges). Leurs tiges sont droites comme des piquets et elles sont ornées de multiples feuilles vertes bicolores. Ce sont des œillets de poète. Sur la gauche et sur la droite du couple, il y a deux grands arbres dont les rares branches feuillues se mêlent au-dessus de leur tête. Derrière eux, plusieurs arbustes aux nombreuses feuilles forment une haie qui ne laisse voir que le ciel bleu où passent quelques nuages gris et blancs.

… A-t-on déjà vu les branches des arbres porter leurs feuilles de cette manière ?…

Quand on regarde ce tableau de 1909, la première chose qui frappe est que Henri Rousseau a représenté cet homme et cette femme d'une manière très simpliste, très naïve. Il n'a pas cherché le réalisme de la photographie. Leur façon de se tenir debout dans cette nature n'a rien de naturel. Leurs yeux noirs sont trop grands et vides de tout éclair de vie. Les sourcils sont trop épais, les cils trop marqués et les arêtes des nez trop voyantes. Par ailleurs, les plantes qui les entourent ne sont pas plus réalistes. A-t-on déjà vu les branches des arbres porter leurs feuilles de cette manière ? Et les fleurs sortir de la terre de la sorte ? Enfin, le tableau n'a aucune profondeur, il n'y a aucune perspective et les deux personnages, tout comme les éléments de la nature qui les entourent, n'ont aucun modelé, ils n'ont aucune épaisseur. Ceci est typique du style du Douanier Rousseau, tout comme l'utilisation de coloris simples disposés en aplats (c'est-à-dire en surface uniforme) dans des représentations naïves de scènes de la vie ordinaire ou de paysages français ou d'Afrique et d'Asie. Tout ceci tend à prouver qu'il ne connaît pas le métier de peintre et cela lui a toujours été reproché. Il ne sait pas peindre un arbre ou un visage, mais cela ne l'empêche pas de vouloir créer des œuvres d'art parce qu'il aime peindre et dessiner. Et, plutôt que d'en avoir honte, il l'affirme haut et fort, en cherchant à exposer ses tableaux le plus possible. Au cours du temps, cette naïveté est devenue sa marque de fabrique. C'est lui qui a fait de l'art naïf un courant pictural à part entière.

… pendant longtemps, les poèmes étaient composés pour être appris par cœur et récités devant des auditeurs…

L'homme représenté sur cette toile tient dans ses mains deux objets que l'on peut considérer comme ses attributs, c'est-à-dire des objets qui permettent au spectateur de comprendre son activité : la plume est celle avec laquelle il écrit ses œuvres sur le rouleau de papier. Il s'agit donc d'un écrivain. De son côté, la femme ne possède aucun objet, mais le fait qu'elle désigne le ciel, qui est l'origine de l'inspiration poétique, nous indique que l'homme est un poète et qu'elle est sa muse. De fait, il s'agit du poète Guillaume Apollinaire et de sa compagne, la peintre Marie Laurencin.

Dans ce tableau, le Douanier Rousseau reprend un thème qui remonte à l'Antiquité grecque : le poète accompagné de son inspiratrice. Cependant, il s'amuse à bouleverser les conventions des représentations artistiques. Il se place à la suite d'une longue tradition qui remonte à une époque très reculée, pourtant il ne figure pas son thème exactement comme le veut cette tradition. Il est, en cela, un peintre moderne. Ainsi, depuis l'Antiquité grecque, on répète que les neuf muses sont d'origine divine, car elles sont les filles de Zeus, le roi des dieux, et de Mnémosyne, la déesse de la Mémoire. Elles gouvernent les créations intellectuelles des êtres humains (en opposition aux créations manuelles dont font partie la peinture et la sculpture et qui, à ce titre, n'ont pas de muses tutélaires). En Grèce, elles habitent sur le mont Parnasse avec Apollon, le dieu du chant, de la musique et de la poésie. Parmi celles-ci, Calliope a le pouvoir d'inspirer les poètes. Son nom signifie « qui a une belle voix » et cela rappelle que, pendant très longtemps, les poèmes étaient avant tout composés pour être appris par cœur et récités devant des auditeurs.

... les gestes que la muse fait démontrent l'influence qu'elle exerce sur le poète...

Pour sa part, le Douanier Rousseau modernise complètement l'ancienne image de la muse : dans son œuvre, ce n'est plus la belle et farouche jeune femme qui tenait fièrement ses attributs (une trompette, un livre ou une tablette avec un stylet) tout en se penchant délicatement vers la tête du poète et dont la quasi-nudité démontrait son origine divine. Ici, c'est une grosse matrone qui a l'air très humaine. Elle foule le même sol que le poète et, surtout, elle ressemble plus à une femme du début du XXe siècle qu'à un personnage mythologique. Le peintre a pourtant voulu l'habiller d'un péplum, la parure légère des déesses antiques. Toutefois, avec son décolleté blanc et montant, ce péplum ressemble plutôt à une robe à la mode d'il y a un siècle. La seule fantaisie que la femme s'est permise est de parsemer ses cheveux de pensées, ce qui rappelle vaguement la couronne de laurier que les muses antiques portaient sur leur tête.

Cependant, même si le Douanier Rousseau ne figure pas la muse de la poésie de la même manière que les peintres qui l'ont précédé, les gestes qu'elle fait démontrent l'influence qu'elle exerce sur le poète : d'un côté, elle désigne le ciel d'une façon que l'on pourrait qualifier de théâtrale et, d'un autre côté, elle a passé son bras gauche derrière le dos du poète. De cette manière, elle semble l'inviter à se laisser inspirer par les choses belles et agréables qui viennent du ciel.

Comparée à ces deux gestes de la femme, l'immobilité de l'homme apparaît pour sa part assez dérangeante. On dirait qu'il n'est qu'une marionnette entre ses mains. Mais n'est-ce pas là la position du poète inspiré ? En effet, de tout temps, les êtres humains ont considéré la création artistique comme un moment au cours duquel le poète s'échappait du monde pour s'attacher à son travail d'écriture. Il ne voyait plus, il n'entendait plus, il ne sentait plus les choses qui l'entouraient. Depuis l'Antiquité et jusqu'à l'âge classique du XVIIe siècle, l'inspiration poétique était même considérée comme une possession divine. Dans ces moments d'effervescence créatrice, le poète n'était plus responsable de ses actes. C'étaient les dieux qui s'exprimaient par l'intermédiaire de la muse Calliope. Et celle-ci était l'unique compagne du poète. Les poèmes étaient donc appréciés comme des œuvres divines et la tâche du poète était de les transcrire pour les partager avec les autres êtres humains.

Au contraire, après le XVIIe siècle, et surtout aux XIXe et XXe siècles, l'inspiration fut plutôt considérée comme le résultat d'un effort intellectuel de la part du poète, sans aucune intervention des dieux. Et la muse inspiratrice n'était plus un personnage divin mais une personne bien réelle, une femme que le poète avait personnellement connue et aimée (ce que fut Jeanne Duval pour Charles Baudelaire ou Marie Laurencin pour Guillaume Apollinaire, par exemple).

... Adam et Ève étaient seuls au milieu de la nature luxuriante, comme le sont le poète et la muse...

Toutefois, au cours de ces deux différentes périodes, les peintres ont toujours préféré montrer les poètes et leur muse dans la nature car, depuis longtemps, on pensait que la nature éternelle était le lieu dans lequel le poète était le plus proche des dieux et de leur influence inspiratrice. Mais surtout que c'était en plein air que l'imagination sans bornes trouvait suffisamment d'espace pour s'exprimer. C'était dans la nature que l'être humain retrouvait la place qui était réellement la sienne, ni trop orgueilleux, ni trop humble, juste ce qu'il fallait de modestie pour faire de la poésie.

Tout ceci explique certainement pourquoi le spectateur peut trouver des ressemblances entre le tableau *La Muse inspirant le poète* du Douanier Rousseau et des œuvres plus anciennes qui figurent Adam et Ève dans le Paradis. En effet, le premier homme et la première femme étaient seuls au milieu de la nature luxuriante, comme le sont le poète et la muse dans le tableau de Rousseau. Par ailleurs, Adam et Ève ont éprouvé l'un pour l'autre le premier amour de l'histoire de l'humanité qui annonça toutes les autres amours. Et c'est cet amour mythique et parfait qui, de tout temps, a inspiré les poètes et qui a pu prendre les différentes formes exprimées dans leurs poèmes : l'amour idéal et parfait aussi bien que l'amour passager pour une inconnue croisée par hasard, l'amour déçu et l'amour perdu, l'amour fort et violent mais éphémère, comme l'amour gentil et indolent. Cela nous rappelle que l'amoureux est toujours un nouvel Adam et sa muse est toujours une nouvelle Ève, qui a le don de lui apporter la joie aussi bien que la tristesse.

Pourtant, on ne peut pas confondre la représentation du poète accompagné de sa muse donnée par Henri Rousseau avec une représentation d'Adam et Ève dans le Paradis parce que, dans la première, les personnages sont habillés alors qu'Adam et Ève sont toujours montrés nus. Et, surtout, parce que ces deux thèmes sont inconciliables : d'un côté, le premier couple humain va amener le malheur dans le monde en croquant le fruit défendu, de l'autre, le couple du poète et de sa muse apporte l'art et la beauté dans la vie des êtres humains. Ils leur procurent un moyen de s'évader du monde quotidien et de ses peines vers un monde plus beau et plus doux qui ressemble au Paradis perdu, le jardin d'Éden du début de l'humanité.

... Ce qui lui importe c'est de donner une idée de la nature...

Par ailleurs, en bon peintre moderne, le Douanier Rousseau s'amuse aussi avec la représentation de la nature. En jetant un coup d'œil rapide sur toutes ses œuvres, on a l'impression qu'il peint d'une façon systématique la foisonnante flore tropicale aussi bien que les parcs parisiens. On pourrait croire qu'il représente toujours de la même manière les fleurs, les plantes et les arbres. Ses paysages apparaissent alors comme de naïfs décors de théâtre. Pourtant, il n'en est rien. En regardant plus attentivement, on remarque que tous ces éléments de la nature sont bien différenciés. On pourrait très bien mettre un nom sur chacune des fleurs, chacune des plantes et chacun des arbres. De fait, quand il prépare ses tableaux, Henri Rousseau va tout d'abord étudier dans la nature. Mais, là encore, il nous étonne : il n'est jamais allé en Afrique ou en Asie, il n'est même jamais sorti de France. Il n'en a pas besoin car, à Paris, il a tout à disposition. Pour ses œuvres tropicales, il se rend régulièrement dans les serres chaudes du Jardin des Plantes, et pour préparer *La Muse inspirant le poète,* il va plusieurs fois au jardin du Luxembourg où, dit-il, il a trouvé « un coin très poétique ». Mais cela ne l'empêche pas de se tromper dans le choix des fleurs du premier plan. On sait que dans une première version de la composition, il a peint des giroflées à la place des œillets de poète.

Le Douanier Rousseau ne cherche donc pas à représenter la vérité encyclopédique des choses. Et cela ne servirait à rien de découvrir très exactement le coin du jardin du Luxembourg qu'il a choisi comme décor de son tableau. Ce qui lui importe, c'est de donner une idée de la nature et non pas de la représenter trait pour trait. Son but est de figurer un poète et sa muse dans la nature et, dans ce cas, peu importe que les arbres qui encadrent ses personnages soient des chênes, des marronniers ou des hêtres. Le fait que ce soient des arbres lui suffit. Il en va de même pour les personnages qu'il représente sur sa toile. Le spectateur n'a pas besoin de savoir qu'il s'agit de Guillaume Apollinaire et de Marie Laurencin pour comprendre le rapport entre le poète et sa muse, c'est-à-dire, d'une manière générale, entre tous les poètes et leur muse. Ceci explique pourquoi le titre du tableau ne précise pas qui ils sont.

... « Guillaume est un grand poète, il a besoin d'une grosse muse »...

Et si le peintre Rousseau prend très exactement les mesures du nez, de la bouche, des oreilles, du front, des mains, du corps tout entier de ses modèles pour les transporter « fort exactement sur sa toile, les réduisant à la dimension du châssis », comme Apollinaire le raconte lui-même, toutes ces mesures ne servent pas à rechercher la ressemblance exacte des personnes, mais à faire que ce soit effectivement un homme et une femme aux exactes proportions humaines qui soient représentés et non pas des singes ou tous autres animaux. D'ailleurs, le Douanier Rousseau déjoue les obligations de la ressemblance quand il fait le portrait de Marie Laurencin : alors que celle-ci était plutôt mince et douce, il la représente sous la forme d'une forte femme à l'air autoritaire. Et, aux personnes qui s'étonnaient d'une telle modification de l'aspect de la peintre, Rousseau dit que « Guillaume est un grand poète, il a besoin d'une grosse muse ».

On comprend alors que le Douanier Rousseau est un peintre moderne parce qu'il est un peintre libre. Il est libéré de presque toutes les traditions picturales. Quand il peint, il fait ce qu'il veut : il représente le poète comme un pantin sans âme et sa muse comme une virago, et il les place dans une nature d'opérette. Et il montre le tout d'une manière très simpliste, très naïve. Cependant, cette simplicité et cette naïveté ne sont pas le résultat de la fainéantise du peintre mais bien de l'incapacité de celui-ci à peindre selon les règles de l'art. Elles cachent beaucoup d'efforts : Rousseau s'est déplacé plusieurs fois au jardin du Luxembourg et il a pris des mesures très précises de ses modèles. Ainsi, tous ses efforts n'ont pas pour but d'éviter la naïveté de ses œuvres, mais de détourner les anciennes conventions des représentations artistiques pour passer au-delà du particulier pour arriver au général. Au travers d'un poète qui a réellement existé et qui fut son ami, Guillaume Apollinaire, Henri Rousseau représente tous les poètes, autant ceux du passé que ceux du présent et ceux de l'avenir. Et tous ces poètes ont l'amour comme influence principale, un amour puissant et pur dont la muse est la figuration. C'est cet amour éternel qui les inspire et c'est cet amour éternel qu'ils expriment dans leurs poèmes.

Le texte en perspective

Hélène Fieschi

Vie littéraire

Fortune et infortunes du poète

L'HISTOIRE DE LA POÉSIE, vue du côté des poètes, est traversée par la nécessité, toujours présente, d'une « défense et illustration » de leur art. Toujours ils ont dû prouver, et d'abord aux puissants, qu'ils leur étaient indispensables, qu'aucun roi, si grand soit-il, ne peut se passer d'un poète pour chanter ses louanges et inscrire son œuvre politique dans une temporalité qui échappe au « pauvre » temps humain, si limité. Un roi loué par un poète obtient la vie éternelle, celle que la bonne poésie garantit. C'est pourquoi les poètes eurent toujours affaire au pouvoir, du moins jusqu'à la fin de l'Ancien Régime. Après la Révolution de 1789, c'est au corps social que le poète rend des comptes, au « peuple ». Le rapport au pouvoir politique ne disparaît pas, évidemment, mais ce n'est plus lui qui détermine l'identité du poète.

1.

La Renaissance : première étape d'une réhabilitation

Le XVIe siècle est une période de création poétique intense, et aussi de changement de statut pour le poète.

1. *De nouveaux rapports entre le prince et le poète*

Au Moyen Âge, le poète était rattaché aux cours seigneuriales. Son audience était donc limitée. Le XVIe siècle renforce le pouvoir royal et la centralisation politique : de plus en plus, les poètes se rassemblent autour du roi. Ils sont pensionnés et invités à la Cour, mais en échange, ont pour mission d'immortaliser ceux qui les protègent et de participer à l'enrichissement de la pensée, de la culture et de la langue. La situation du poète à la Cour est donc encore très fragile : il doit fournir des vers de commande s'il veut se placer sous le patronage du roi, condition *sine qua non* pour écrire à l'abri des critiques et des aléas financiers. Il n'est donc pas si libre…

Il faut également prendre en compte une donnée essentielle : l'activité poétique était encore considérée, au Moyen Âge, comme une activité manuelle à laquelle il était fort mal vu que les nobles s'adonnent. Les mentalités commencent à évoluer au XVIe siècle, mais très lentement, et de nombreux poètes se sentent encore contraints, à cette époque, de se justifier d'écrire des vers (au lieu d'embrasser la carrière militaire, par exemple…).

2. *La haute valeur de la poésie*

De nouveaux rapports entre le prince et le poète sont donc revendiqués au XVIe siècle, mais ils ne sont pas toujours effectifs. Et pourtant, le développement de l'imprimerie autorise une diffusion plus large des œuvres, ce qui permet aux poètes d'accroître leur audience, et leur influence.

D'autre part, les nouveaux rapports se justifient par une définition renouvelée de la poésie, qui montre une ambition nouvelle : on ne peut plus considérer le poète comme un simple « artisan » des rimes, quelqu'un qui se contenterait juste de « mettre en vers » de la prose, car il se présente lui-même comme mettant en œuvre une parole inspirée par les dieux, ou par une « fureur », selon l'expression du philosophe grec Platon, qui fait de lui un prophète. Car le poète n'est pas un simple mortel, il échappe à sa condition d'humain en accédant à des vérités inconnues. Quand il est possédé par cette « fureur », quand il écrit, le poète entre en communication avec le divin : le souffle du Créateur passe à travers lui. Il devient alors intouchable. C'est assez dire que le prince ne saurait se dispenser des poètes et de la poésie.

> Le jour que je fus né, Apollon qui préside
> Aux Muses, me servit en ce monde de guide,
> M'anima d'un esprit subtil et vigoureux,
> Et me fit de science et d'honneur amoureux.
> En lieu des grands trésors et des richesses vaines
> Qui aveuglent les yeux des personnes humaines,
> Me donna pour partage une fureur d'esprit,

> Et l'art de bien coucher ma verve par écrit.
> Il me haussa le cœur, haussa la fantaisie,
> M'inspirant dedans l'âme un don de Poésie,
> Que Dieu n'a concédé qu'à l'esprit agité
> Des poignants aiguillons de sa Divinité.
> Quand l'homme en est touché, il devient un Prophète,
> Il prédit toute chose avant qu'elle soit faite,
> Il connaît la nature et les secrets des Cieux,
> Et d'un esprit bouillant s'élève entre les Dieux.
>
> (Pierre de Ronsard, *Hymne de l'automne*, 1563)

2.

Le XVIIe siècle, ou le poète courtisan

Le XVIIe siècle est, plus encore que le XVIe, le siècle de la centralisation politique qui se développe sous l'égide du cardinal de Richelieu, ministre de Louis XIII d'abord, puis sous celle du Roi-Soleil, Louis XIV.

Au début strictement politique, elle s'étend rapidement à tous les domaines culturels. Le Cardinal intervient pour aider les gens de lettres en leur attribuant des pensions, mais aussi pour les contrôler par des réglementations et par la censure. La culture devient une affaire d'État.

1. *Des protégés...*

Les nouveaux poètes sont des hommes cultivés, qui viennent des élites sociales et détiennent les privilèges de la naissance, de l'argent et du savoir. Ils sont parfois de haute noblesse et considèrent la poésie comme un élégant loisir, mais parfois de souche plus modeste, comme Malherbe, et y voient alors un moyen de parvenir, de se pousser à la Cour et d'y obtenir les faveurs du roi, ou d'autres mécènes. En 1624, Malherbe écrit au jeune Louis XIII un sonnet éloquent à cet égard, dont voici les derniers vers :

> Tous vous savent louer, mais non également :
> Les ouvrages communs vivent quelques années :
> Ce que Malherbe écrit dure éternellement.

Dès lors, le poète ne se définit plus vraiment, comme au siècle précédent, comme animé par une « fureur » divine, mais plutôt comme un homme rigoureux qui fournit un travail acharné pour parvenir, grâce à la raison, à trouver le mot juste, l'expression la plus précise et la plus claire possible. La poésie semble perdre en spontanéité et en émotion ce qu'elle gagne en perfection formelle ; le siècle est désormais engagé dans le classicisme.

2. *... mais des esprits libres malgré tout*

Certains, pourtant, qu'ils l'aient choisi ou non, échappent à ce modèle quasi unique du poète courtisan. C'est le cas de Jean de La Fontaine qui s'était donné pour mécène le surintendant des Finances Nicolas Fouquet. Ce dernier commit le tort de porter ombrage au jeune Louis XIV, il en fut disgracié. Mais le fabuliste lui resta fidèle, constance qui lui ferma le chemin de la Cour. S'il ne fut pas maudit pour autant, c'est grâce à deux facteurs : sa capacité à trouver d'autres mécènes puissants (Mme de La Sablière, puis la marquise de Montespan, maîtresse du roi), et son talent, immense, dont aucun souverain ne pouvait se priver, dût-il s'exprimer à ses propres dépens — et vous savez sans doute que ce fut le cas dans les fables.

En somme, même lorsque les artistes reconnaissent l'autorité royale, comme par exemple Nicolas Boileau, grand théoricien des règles classiques sous Louis XIV, ils reprennent aussi à leur compte l'affirmation des poètes de la Pléiade : si le roi tient son autorité de Dieu (on dit de Louis XIV qu'il est roi « de droit divin »), le poète, lui, est béni des dieux, il a la puissance et la liberté du créateur.

3.

Le XIXe siècle : poète-prophète, poète maudit...

Après un siècle de silence poétique, et surtout après le cataclysme de 1789, la poésie est à réinventer, en même temps que le monde est à repenser et à reconstruire. L'ancien modèle du poète-courtisan est obsolète. Le poète gagne désormais sa vie avec ses droits d'auteur, il n'a plus besoin d'être inféodé à un souverain pour assurer sa subsistance matérielle. Cette indépendance financière n'est pas toujours si heureuse : certains vivent de leur art en bourgeois ayant réussi, mais d'autres sont parfois enchaînés à leur éditeur, ou confinés dans la misère.

Parallèlement, le peuple a besoin de guides pour modeler un nouveau corps social. Et c'est Victor Hugo, chef de file du mouvement romantique, qui dessine les traits d'un poète-prophète, génie inspiré, visionnaire, un mage qui conduit les hommes vers la sagesse, la liberté et le bonheur. Cette conception de l'artiste lui impose de tenir sa place dans la société, éventuellement en s'engageant dans des combats politiques contemporains, comme ce fut le cas d'Alphonse de Lamartine puis de Hugo lui-même, qui le paya par un exil long de vingt ans, sous le second Empire.

En même temps, parfois déçus par la politique — et ce fut notamment le cas de toute une génération, dont Charles Baudelaire, au moment de la Révolution de 1848 —, les poètes réaffirment sans cesse leur autonomie de créateur et la possibilité qu'ils ont de s'affranchir de tout endoctrinement. Ils ne se posent donc pas en « représentants du peuple » car ils sont bien plus que cela : des médiateurs entre Dieu et les hommes, des êtres capables de déchiffrer l'énigme de la Création pour la communiquer aux simples mortels, aveugles et ignorants.

Le poète s'identifie donc à Moïse, recevant les tables de la Loi, mais aussi au Christ, capable de donner sa vie pour sauver l'humanité. Le prophète est donc aussi un martyr : il est normal qu'il souffre, et l'art est comparable à la Passion du Christ.

Dernier point, qui n'est pas sans paradoxe : capable de la plus grande compassion, le poète est aussi l'homme de la solitude absolue, condamné à un exil douloureux qui est le fruit de son altérité, de son génie radical. Le poète est un incompris : il peut être raillé, moqué par le peuple, mais il a la puissance suprême de transformer cette exclusion en bénédiction, grâce à la poésie.

> Peuples ! écoutez le poète !
> Écoutez le rêveur sacré !
> Dans votre nuit, sans lui complète,
> Lui seul a le front éclairé !
> Des temps futurs perçant les ombres,
> Lui seul distingue en leurs flancs sombres
> Le germe qui n'est pas éclos.

Homme, il est doux comme une femme.
Dieu parle à voix basse à son âme
Comme aux forêts et comme aux flots.

C'est lui qui, malgré les épines,
L'envie et la dérision,
Marche, courbé dans vos ruines,
Ramassant la tradition.

(Victor Hugo, *Les Rayons et les Ombres*,
« Fonction du poète », 1839)

Hélas ! je sais aussi tous les secrets des cieux,
Et vous m'avez prêté la force de vos yeux.
[...]
Sitôt que votre souffle a rempli le berger,
Les hommes se sont dit : Il nous est étranger ;
Et leurs yeux se baissaient devant mes yeux de flamme,
Car ils venaient, hélas ! d'y voir plus que mon âme.
J'ai vu l'amour s'éteindre et l'amitié tarir,
Les vierges se voilaient et craignaient de mourir.
M'enveloppant alors de la colonne noire,
J'ai marché devant tous, triste et seul dans ma gloire,
Et j'ai dit dans mon cœur : Que vouloir à présent ?
Pour dormir sur un sein mon front est trop pesant,
Ma main laisse l'effroi sur la main qu'elle touche,
L'orage est dans ma voix, l'éclair est sur ma bouche ;
Aussi, loin de m'aimer, voici qu'ils tremblent tous,
Et, quand j'ouvre les bras, on tombe à mes genoux.
Ô Seigneur ! j'ai vécu puissant et solitaire,
Laissez-moi m'endormir du sommeil de la terre.

(Alfred de Vigny, *Poèmes antiques
et modernes*, « Moïse », 1826)

4.

Le xxe siècle : rénovateur, provocateur, expérimentateur...

1. *Le poète, homme d'action*

Au xxe siècle, le poète abandonne l'idée romantique d'une « mission » à accomplir. Son combat peut être politique, et il aura dans ce siècle tourmenté de nombreuses occasions de s'engager, mais il est aussi esthétique, poétique. Le poète du xxe siècle est avant tout un homme de l'avant-garde, conscient qu'il est que le progrès est en train de modifier irrémédiablement la vie des hommes, la société, et aussi l'art. C'est Arthur Rimbaud qui, le premier, avec un temps d'avance, a ouvert cette voie, dans un texte de 1871 où il affirme : « La Poésie ne rythmera plus l'action ; elle *sera en avant.* » (Lettre à Paul Demeny du 15 mai 1871). La poésie doit non seulement accompagner, mais presque devancer le progrès, conçu comme une transformation brutale et non comme une évolution progressive. Le travail du poète est d'inventer un langage nouveau, de changer les formes, les rythmes, les façons d'écrire traditionnelles, ce qui implique parfois une certaine brutalité dans la façon qu'ont certains poètes de se débarrasser du passé.

Le poète scandalise, par ses écrits, mais aussi parfois par ses actions, ce qui sera, par exemple, le signe de reconnaissance des poètes surréalistes. Ceux-ci prétendent bien sûr changer la poésie, mais avant tout « changer la vie », une affirmation de Rimbaud qui devient un slogan et qui montre dans le même temps qu'ils subissent l'influence de Marx ; leur ambition de poètes est politique, au sens large du terme. Ils organisent des procès (de l'écrivain nationaliste d'extrême droite Maurice Barrès, entre autres), des enterrements fictifs d'écrivains vivants (Anatole France), ils envisagent d'adhérer au parti communiste, et certains le font, comme Aragon qui lui restera fidèle sa vie durant, par-delà les inévitables désillusions… Plus tard, ils joueront un grand rôle en ne s'engageant, plus simplement comme poètes mais en tant qu'hommes, dans la résistance à l'occupant allemand : c'est le cas notamment de René Char.

Il n'est plus question chez ces poètes du XXe siècle d'être des élus des dieux ni des prophètes isolés dans leur tour d'ivoire. Ils savent bien, désormais, qu'ils sont humains avant tout, et qu'ils ne peuvent se dispenser de prendre part personnellement, dans leurs actes ou dans leurs poèmes — mais les poèmes sont des actes comme les autres — aux combats du siècle.

2. *Le poète, joueur de mots*

En somme, après la Seconde Guerre mondiale, la dissolution du surréalisme et de la communauté née des événements tragiques, le poète de la seconde moitié du XXe siècle se retrouve bien seul, bien marginal. Aujourd'hui, en dehors du système scolaire, on ne lit plus guère de poésie. Il s'en écrit encore mais les poètes peinent à trouver des éditeurs, à entrer dans les réseaux complexes de la distribution littéraire… Pourtant des écoles, bien vivantes, tentent de souffler sur les braises, comme l'OuLiPo, cet « Ouvroir de Littérature Potentielle » créé par Raymond Queneau et animé par des disciples dynamiques qui offrent une poésie lisible et drôle, conjuguant tradition et modernité en questionnant l'usage des contraintes.

Alors, est-elle morte cette poésie ? comment va-t-elle, cette fois, renaître de ses cendres, si le tout-puissant roman accepte de lui céder quelques parts ? Est-elle désormais anachronique ? obsolète ?

Il faudrait être devin pour le dire… mais l'époque des prophètes est décidément révolue…

L'écrivain à sa table de travail

À la recherche de la poésie

1.

Spécificité du langage poétique

Qu'est-ce que la poésie ? Qu'est-ce qui permet d'identifier formellement qu'un texte est un poème ?

Jusqu'au XIXe siècle, est poétique ce qui est en vers, c'est-à-dire disposé sur la feuille de façon caractéristique. Mais ce critère est devenu insuffisant, depuis que des poètes eurent l'idée de composer des poèmes en prose (Aloysius Bertrand, puis Charles Baudelaire et Arthur Rimbaud), effaçant cette limite commode entre poésie versifiée et prose. Depuis, on cherche ailleurs la différence entre prose et poésie.

1. *La marche et la danse*

La poésie n'est donc pas une prose mise en vers. Le poème communique une émotion qui n'est pas réductible au sens ou au message délivré. La poésie n'est pas un simple langage de communication, à la différence de la langue ordinaire. Pour le dire plus clairement,

Paul Valéry, poète et théoricien du XXe siècle, prend l'image de la marche et de la danse. Il montre que la langue commune, comme la marche, est orientée vers un but, ce qui explique que, une fois le message transmis, le discours peut être oublié et disparaître. On peut le reprendre avec d'autres mots. Le poème, lui, demeure : le fait d'avoir été dit, ou lu ou compris, ne le fait pas mourir. Il peut renaître à lui-même et « redevenir indéfiniment ce qu'il vient d'être » (Valéry, *Propos sur la poésie*, 1927). Comme la danse, la poésie ne va nulle part : elle est son propre but.

Valéry va plus loin encore : « Il ne s'agit point du tout en poésie de transmettre à quelqu'un ce qui se passe d'intelligible dans un autre. Il s'agit de créer dans le premier un état dont l'expression soit précisément et singulièrement celle qui le lui communique » (*Commentaire de « Charmes »)*. Ce qui sous-entend que le travail du poète, contrairement à ce qu'on pourrait croire, ce n'est pas de « ressentir l'état poétique » mais de « le créer chez les autres ». Même sentiment chez un de ses contemporains, le poète Paul Éluard : « Le poète est celui qui inspire bien plus que celui qui est inspiré. » La poésie n'est donc pas la mise en forme spécifique de certaines idées particulières, c'est d'abord une grande aventure de langage.

2. *Le rapport aux mots*

Le problème, c'est que le langage est une propriété commune à l'ensemble des hommes et qu'en tant que produit social, universel, il peine à dire l'expérience individuelle du poète.

> Chacun sait que ce sentiment d'échec devant le langage considéré comme moyen d'expression directe est

> à l'origine de toute expérience poétique. [...] Nous comprenons que le langage est prose par essence et la prose, par essence, échec ; l'être se dresse devant nous comme une tour de silence et si nous voulons encore le capter, ce ne peut être que par le silence : « Évoquer, dans une ombre exprès, l'objet tu par des mots allusifs, jamais directs, se réduisant à du silence égal » (Mallarmé, *Magie*, 1893). [...] En renchérissant sur son impuissance verbale, en rendant les mots fous, le poète nous fait soupçonner par-delà ce tohu-bohu qui s'annule de lui-même d'énormes densités silencieuses ; puisque nous ne pouvons pas nous taire, il faut faire du silence avec le langage. De Mallarmé aux surréalistes, le but profond de la poésie française me paraît avoir été cette autodestruction du langage. (Jean-Paul Sartre, *Orphée noir*, 1948)

La poésie semble manifester l'impossibilité de dire les choses : l'expérience du poète aurait donc beaucoup à voir avec le silence et la mort, puisque le mot n'existe que dans la mesure où il n'est pas la chose : il est l'absence de la chose. Mais, en même temps qu'elle dit l'échec du langage, la poésie transforme cet échec en victoire puisqu'elle crée une autre façon d'occuper et d'utiliser le langage : elle change les règles, en invente d'autres et subvertit l'usage habituel. La poésie est par essence révolutionnaire : elle ne cherche ni à dire la vérité ni à montrer le monde, mais seulement à détourner le langage de son instrumentalité. Ainsi, la poésie est un acte de rébellion et d'invention : « La création poétique est d'abord violence faite au langage. Son premier acte est de déraciner les mots » (Octavio Paz, *L'Arc et la Lyre*). Le poème ne dit pas mieux ou autrement ce que dit la prose : il dit plus et autre chose. Mais on ne peut jamais traduire ce « plus » et cet « autre chose » en prose. Le poème ne montre pas autre chose que son propre fonctionnement : cet effort pour dire ce qui ne peut pas se dire. Le poème est donc tension vers un sens plutôt que sens offert et, dans cette tension, il y a l'être, il y a l'homme. En pratiquant le langage poétique, l'homme cherche à dire ce qu'il est : « Le poème révèle ce que nous sommes et nous invite à être ce que nous sommes. » (Octavio Paz).

2.

Versification : un abécédaire

Parlons un peu de technique maintenant. Nous avons choisi, parce que nous trouvions cela plus clair et plus ludique, de présenter les principales particularités du langage poétique dans un glossaire alphabétique.

Acrostiche : poème dont les lettres initiales de chaque vers forment verticalement un ou plusieurs mots, souvent le nom de l'auteur ou du dédicataire.

Alexandrin : vers de douze syllabes. Le vers noble de la poésie française, à compter de la fin du XVIe siècle.

Allitération : répétition de phonèmes consonantiques.
« Tout en faisant trotter ses petites bottines » (Rimbaud, « Roman », p. 72).

Apocope : disparition en fin de mot d'un *e* muet non élidable :
« Comment l'aurais-je fait si je n'étais pas né ?
Reprit l'Agneau, je tête encor ma mère. » (La Fontaine, « Le Loup et l'Agneau », p. 22).

Assonance : répétition de phonèmes vocaliques.
« Je fais souvent ce rêve étrange et pénétrant » (Verlaine, « Mon rêve familier », p. 67).

Césure enjambante : coupe non classique devant un *e* muet non élidé.
« Plus que le mar//br*e* dur me plaît l'ardoise fine, » (Du Bellay, « Heureux qui comme Ulysse », p. 16).

Césure lyrique : la dernière syllabe du premier hémistiche est un *e* muet atone, non élidable, et donc prosodiquement compté :
« Tu la troubl*es*, // reprit cette bête cruelle », (La Fontaine, « Le Loup et l'Agneau », p. 22).

Décasyllabe : vers de dix syllabes, en vogue au XVIe siècle.

Diérèse : quand deux voyelles sont en contact à l'intérieur d'un mot (on parle de diphtongue), il y a diérèse (= division) si elles sont prononcées en deux syllabes :
« Sans que rien manque au monde, immense et radi-eux ! » (Victor Hugo, « Le soleil s'est couché ce soir dans les nuées », p. 34).
« Mai qui fut sans nu-age et ju-in poignardé » (Aragon, « Les lilas et les roses » p. 92).

Enjambement : phénomène de dissociation de la syntaxe et du vers, lorsqu'une phrase se continue d'un vers sur le vers suivant sans interruption. On appelle ce procédé « enjambement » et la partie du vers qui déborde, un « rejet » :
« - Petit-Poucet rêveur, j'égrenais dans ma course
Des rimes. [...] (Rimbaud, « Ma Bohême », p. 71).

Hémistiche : sous-ensembles réguliers, à l'intérieur de l'ensemble que constitue le vers. Mot qui vient du grec et signifie « demi-vers », même si certains hémistiches sont inégaux : habituellement, le décasyllabe se divise en deux hémistiches, l'un de quatre, l'autre de six syllabes :

« Je vis, je meurs ; // je me brûle et me noie ; » (Louise Labé, p. 17).

Léonin (vers) : vers dont les deux hémistiches riment ensemble :

« Tu seras châtié // de ta témérité. » (La Fontaine, « Le Loup et l'Agneau », p. 22).

Octosyllabe : vers de huit syllabes, c'est le plus ancien des vers français, mais il continue à être utilisé régulièrement.

Paronomase : rapprochement de mots dont le son est à peu près semblable, mais dont le sens est différent :

« Et la mer et l'amour ont l'amer pour partage », (Pierre de Marbeuf, p. 21).

Rime : elle est fondée sur le retour d'une homophonie (identité sonore) en fin de vers. La langue française en permet plus de dix millions, mais les poètes classiques n'en utilisent que quelques centaines.

On appelle **rime pauvre** une rime ne comportant qu'une homophonie :

« Va, vient, fait l'empressée ; il semble que ce soit
Un Sergent de bataille allant en chaque endroit » (La Fontaine, « Le Coche et la Mouche », p. 24).

rime suffisante, une rime qui compte deux homophonies :

« Dans un chemin montant, sablonneux, malaisé,
Et de tous les côtés au Soleil exposé, » (La Fontaine, « Le Coche et la Mouche », p. 24).

et **rime riche**, une rime à trois homophonies :

« Dame Mouche s'en va chanter à leurs oreilles,

Et fait cent sottises pareilles. (La Fontaine, « Le Coche et la Mouche », p. 24).

Depuis Malherbe, l'alternance entre les **rimes féminines** et **masculines** est préconisée. Les rimes sont dites féminines quand elles se terminent par un *e* muet (« oreilles/pareilles », ci-dessus) et masculines quand elles se terminent par une voyelle autre que le *e* muet, ou par une consonne (« soit/endroit » ou « malaisé/exposé », plus haut).

Rimes croisées ou alternées : rimes de schéma *abab.*

Rimes embrassées : rimes de schéma *abba.*

Rimes plates ou suivies : rimes de schéma *aabb.*

Strophe : c'est un groupement de vers organisé (généralement par le schéma des rimes) et clos sur lui-même, qui peut comporter deux vers (un distique), trois (un tercet), quatre (un quatrain), cinq (un quintil), six (un sizain).

Synérèse : il y a synérèse (rapprochement) quand deux voyelles en contact à l'intérieur d'un mot sont prononcées d'une seule émission de voix (au contraire de la diérèse) :

« Et en plaisir maint gr(i)ef tourment j'endure » (Louise Labé, « Je vis, je meurs », p. 17).

Trimètre : alexandrin de forme ternaire (4/4/4) mis en vogue par les romantiques (par opposition à l'alexandrin classique, binaire, avec césure à l'hémistiche : 6/6).

Vers libre : vers de rythme et de longueur variables.

3.

Quelques formes fixes

L'histoire de la poésie s'accompagne d'une longue réflexion sur la notion de contraintes, de règles. C'est pourquoi les poèmes à forme fixe ont traversé les siècles avec un tel succès. On appelle poème à forme fixe un poème écrit selon des règles métriques et strophiques précises. Certaines de ces formes viennent de l'Antiquité, ou du Moyen Âge.

1. *L'ode*

C'est une forme relativement libre, héritée de l'Antiquité grecque (Pindare) ou latine (Horace). Elle présente trois strophes et relève du chant lyrique. (Exemple : Ronsard, « Mignonne, allons voir si la rose… »)

2. *La ballade*

Cette forme poétique a une belle origine lexicale, « ballade » étant formée sur *baller*, « danser ». Elle est construite sur trois rimes et compte trois strophes (de huit octosyllabes, ou de dix décasyllabes), suivies d'une demi-strophe de quatre octosyllabes ou de cinq décasyllabes : l'envoi. Le refrain est constitué par un même vers situé à la fin de chaque strophe et de l'envoi : il conditionne la présence d'une même rime et crée ainsi une des difficultés de la ballade (Exemple : Marot, « Chant de mai et de vertu »).

3. *Le rondeau*

Le rondeau date aussi de la fin du Moyen Âge. C'était à l'origine une chanson sur laquelle on dansait « en rond », constituant ainsi une « ronde », d'où son nom. Il est en octosyllabes ou en décasyllabes et ne comporte que deux rimes. Celui de Charles d'Orléans (p. 11) est composé de deux quatrains d'octosyllabes en rimes embrassées (*abba*), les vers 7 et 8 reprenant en refrain les vers 1 et 2. La dernière strophe est un quintil (*abbaa*) dont le dernier vers reprend le premier vers du refrain. C'est donc, grâce à ces reprises, une forme lyrique aux deux sens du terme : qui exprime des sentiments et qui est musicale.

4. *Le sonnet*

Voici la forme reine des formes fixes. Le sonnet est venu d'Italie, où il a été défini par Pétrarque au XIVe siècle. Ce « petit son » (*sonnetto*) est destiné lui aussi à être chanté. Il s'impose en France au XVIe siècle, notamment grâce aux traductions françaises de Pétrarque (1548). Les plus grands poètes, Du Bellay, Ronsard, en font leur forme de prédilection pour développer une poésie amoureuse parfois conventionnelle, mais aussi pour délivrer des pièces aux accents plus philosophiques, ou plus personnels.

Le sonnet est un poème de quatorze vers (initialement des décasyllabes, mais rapidement des alexandrins), organisés en deux quatrains et un sizain (qui se scindera ensuite en deux tercets). Les quatrains sont en rimes embrassées (*abba*) et ne comptent que deux rimes. En revanche, le sizain comporte trois rimes qui peuvent être disposées différemment : *ccdeed* ou *ccdede* la plupart du temps.

Le sonnet se caractérise le plus souvent par une opposition thématique entre les quatrains et les tercets, qui jouent aussi parfois sur le rapport comparé/comparant. D'autre part, il comporte fréquemment une « chute » ou « pointe », c'est-à-dire un dernier vers qui achève le poème de manière inattendue, par un retournement. C'est une forme qui reste active jusqu'au XXe siècle, ce qui en dit long sur ses capacités d'adaptation, sans équivalent dans l'histoire des formes poétiques.

Pour prolonger votre connaissance de la poésie

Si ce livre vous a plu et que vous voulez vous familiariser davantage avec la poésie, sachez qu'elle est très accessible, à la fois sur Internet (www.poesie.webnet.fr ; www.poesies.net ; www.poesie.net ; et de nombreux sites d'amateurs de poésie) et dans des collections spécifiques, comme la collection « Poésie / Gallimard » qui permet de se constituer sa bibliothèque au format de poche.

Il existe aussi de nombreuses anthologies, soit thématiques, soit consacrées à une période :

La Poésie baroque, Gallimard, « Folioplus classiques ».

Le Sonnet, Gallimard, « Folioplus classiques ».

Combats du XXe siècle en poésie, Gallimard, « Folioplus classiques ».

Le Paul Éluard, album Dada, Mango jeunesse.

Le Rimbaud, album Dada, Mango jeunesse.

Serge BAUDIFFIER et Jean-Marc DEBENEDETTI, *Le Surréalisme et ses alentours*, « Classiques Larousse ».

Zeno BIANU, *Poèmes à dire, une anthologie de poésie contemporaine francophone*, « Poésie / Gallimard ».

Michel DÉCAUDIN, *Anthologie de la poésie française du XIXe siècle*, « Poésie / Gallimard » ; *Anthologie de la poésie française du XXe siècle*, « Poésie / Gallimard ».

Serge JULLIARD, *Anthologie de la poésie française*, Éditions de Fallois.

Dominique MONCOND'HUY, *Pratiques oulipiennes*, « La bibliothèque Gallimard ».

Jacques PRÉVERT, *Paroles*, « Folioplus classiques ».

Jacques ROUBAUD, *128 poèmes composés en langue française, de Guillaume Apollinaire à 1968*, « La bibliothèque Gallimard ».

Léopold SÉDAR SENGHOR, *Anthologie de la nouvelle poésie nègre et malgache de langue française*, Paris, PUF, 1948, réédition en collection « Quadrige ».

Groupement de textes thématique

Poèmes pour résister à la déshumanisation

POUR VOUS PERMETTRE D'ÉVALUER l'importance de connaître par cœur des bribes de votre culture, en mémorisant des poèmes, on a choisi ici de présenter des textes en prose qui sont les témoignages d'une époque particulièrement sombre de l'histoire de l'humanité, pendant la Seconde Guerre mondiale, où celle-ci fut la plus menacée, écrasée, niée. L'entreprise d'extermination des juifs, perpétrée par les nazis dans les camps, commença en 1941 et dura jusqu'en 1945. Une grande part des juifs d'Europe orientale, entre cinq et six millions d'individus, disparut et avec eux tout un tissage de traditions et de cultures, de mémoires individuelles et collectives, à jamais évanouies.

Ceux qui vécurent dans ces camps connurent la barbarie au quotidien : la faim, le froid, un travail épuisant, la présence constante de la mort, qui pouvait à tout moment les atteindre, sous la forme des chambres à gaz et des fours crématoires et, plus que tout, la négation de leur nature d'êtres humains. Le but des nazis, dans les camps, outre de tuer la majorité des prisonniers, était de faire comprendre aux autres, ceux qu'on forçait au travail, qu'ils valaient moins que des chiens.

Et pourtant, dans toute cette horreur, les prisonniers

ont réussi à résister, et cette résistance à la barbarie et à la déshumanisation est passée par la mémoire et par la poésie. C'est d'une certaine façon la culture, et le souvenir de poèmes qu'on aurait pu croire, dans ce contexte apocalyptique, inutiles ou dérisoires, qui a maintenu chez ces hommes écrasés un espoir dans l'humanité.

Primo LEVI (1919-1987)

Si c'est un homme (1947)
(Trad. Martine Schruoffeneger, Julliard repris en « Pocket »)

Primo Levi est né à Turin, où il soutient sa thèse de chimie en 1941. En 1947, il publie le récit, Se questo è un uomo (Si c'est un homme). *Avec une sobriété et une précision percutantes, Primo Levi relate son arrestation, le 13 décembre 1943, dans les montagnes du val d'Aoste où il participait à la résistance, puis sa déportation et sa captivité à Auschwitz. Levi doit sa survie, entre autres choses, à sa formation de chimiste : pendant l'hiver de 1944 à 1945, il a la chance inouïe de travailler dans le laboratoire de la Buna, usine de caoutchouc près de Monowitz (Auschwitz III). Autre hasard, la maladie l'empêche d'être évacué de Buchenwald, en janvier 1945, avec vingt mille autres prisonniers qui disparurent presque tous. Libéré par les troupes soviétiques, Primo Levi erre durant neuf mois à travers l'Europe du Nord avant de rentrer en Italie. Cette hallucinante odyssée aux marges du monde civilisé est racontée dans* La Trêve (La Tregua, *1963). Raconter a d'abord une vertu libératrice pour Levi. C'est témoigner et faire réfléchir pour que naisse chez le lecteur le cri de l'horreur et du refus.*

... Le chant d'Ulysse. À savoir comment et pourquoi cela m'est venu à l'esprit : mais nous n'avons pas le temps de choisir, cette heure n'est déjà plus

une heure. Si Jean est intelligent, il comprendra. Il comprendra : aujourd'hui, j'en suis sûr.
… Qui est Dante ? Qu'est-ce que *La Divine Comédie* ? Quelle étrange sensation de nouveauté on éprouve à tenter d'expliquer brièvement ce qu'est *La Divine Comédie*, la structure de l'enfer, le *contrappasso*[1]. Virgile représente la Raison, Béatrice la Théologie.
Jean est tout ouïe, et je commence lentement, avec application :

Lo maggior corno della fiamma antica
Cominciò a crollarsi mormorando,
Pur come quella cui vento affatica.
Indi, la cima in qua e in là menando
Come fosse la lingua che parlasse
Mise fuori la voce, e disse : Quando…[2].

Là je m'arrête et essaie de traduire. Un désastre : pauvre Dante et pauvre français ! Tout de même l'expérience ne s'annonce pas trop mal : Jean admire la bizarre similitude de la langue et me suggère le terme approprié pour rendre « *antica* ».
Et après « *Quando* » ? Rien. Un trou de mémoire. « *Prima che sí Enea la nominasse*[3]. » Nouveau blanc. Un autre fragment inutilisable me revient à l'esprit : « … *la pietá Del vecchio padre, né 'l debito amore Che doveva Penelope far lieta…* [4] », mais est-ce que c'est bien ça ?

1. Dans la version française d'Henri Longnon, le terme est traduit par « loi du talion » ; il désigne exactement la norme selon laquelle, dans l'*Enfer*, la qualité de la peine infligée est établie par analogie avec la forme de la faute commise.
2. Le plus haut dard de cette flamme antique / En murmurant commença de vibrer / Comme un flambeau que tourmente le vent / Puis çà et là en agitant sa crête / Comme s'il fût la langue qui parlait / il émit au-dehors une voix et nous dit : « Quand… »
3. Avant qu'Énée ainsi ne l'eût nommée.
4. … la pitié De mon vieux père, ou cet amour juré Qui devait réjouir le cœur de Pénélope…

… Ma misi me per l'alto mare aperto[1].

Ce vers-là, si, j'en suis sûr, je me fais fort d'expliquer à Pikolo, de lui faire voir pourquoi « *misi me* » n'est pas « je me mis »[2] : c'est beaucoup plus fort, beaucoup plus audacieux que cela, c'est rompre un lien, se jeter délibérément sur un obstacle à franchir ; nous la connaissons bien, cette impulsion. « *L'alto mare aperto* » : Pikolo a voyagé en mer, il sait ce que cela veut dire… c'est quand l'horizon se referme sur lui-même, dégagé, rectiligne, uni, et qu'il n'y a plus dès lors que l'odeur de la mer : douces choses férocement lointaines.

Nous voilà arrivés au Kraftwerk, l'endroit où travaille le Kommando des poseurs de câbles. Il doit y avoir l'ingénieur Levi. Le voilà, on ne voit que sa tête qui dépasse de la tranchée. Il me fait un signe de la main, c'est un homme de valeur, je ne l'ai jamais vu découragé, je ne l'ai jamais entendu parler de nourriture.

« *Mare aperto.* » « *Mare aperto.* » Je sais que ça rime avec « *diserto* » : « *… quella compagna Picciola, dalla qual non fui diserto*[3] », mais je ne me rappelle plus si ça vient avant ou après. Et puis le voyage, le téméraire voyage au-delà des colonnes d'Hercule, que c'est triste, je suis obligé de le raconter en prose : un sacrilège. Je n'en ai sauvé qu'un vers, mais qui mérite qu'on s'y arrête :

… Acciò che l'uom piú oltre non si metta[4].

« *Si metta* » : il fallait que je vienne au Lager pour m'apercevoir que c'est le même tour que tout à l'heure : « *e misi me* ». Mais je n'en parle pas à Jean, je ne suis pas sûr que ce soit une remarque importante. Il y aurait tant

1. … Mais je repris la mer, la haute mer ouverte.
2. « Misi me » : littéralement, « je me mis moi-même ».
3. … avec cette poignée / D'amis qui ne m'avaient jamais abandonné.
4. … Afin que nul n'osât se hasarder plus loin.

d'autres choses à dire, et le soleil est déjà haut, midi approche. Je suis pressé, furieusement pressé.
J'y suis, attention Pikolo, ouvre grand tes oreilles et ton esprit, j'ai besoin que tu comprennes :

Considerate la vostra semenza
Fatti non foste a viver come bruti
Ma per seguir virtute e conoscenza[1].

Et c'est comme si moi aussi j'entendais ces paroles pour la première fois : comme une sonnerie de trompettes, comme la voix de Dieu. L'espace d'un instant, j'ai oublié qui je suis et où je suis.
Pikolo me prie de répéter. Il est bon, Pikolo, il s'est rendu compte qu'il est en train de me faire du bien. À moins que, peut-être, il n'y ait autre chose : peut-être que, malgré la traduction plate et le commentaire sommaire et hâtif, il a reçu le message, il a senti que ces paroles le concernent, qu'elles concernent tous les hommes qui souffrent, et nous en particulier ; qu'elles nous concernent nous deux, qui osons nous arrêter à ces choses-là avec les bâtons de la corvée de soupe sur les épaules.

Li miei compagni fec'io sí acuti…[2]

… et je m'efforce, mais en vain, d'expliquer tout ce qu'il y a dans cet « *acuti* ». Ici encore une lacune, irréparable cette fois. « … *Lo lume era di sotto della luna*[3] » ou quelque chose comme ça ; mais avant ?… Aucune idée, « *keine Ahnung* », comme on dit ici. Que Pikolo m'excuse, j'ai oublié au moins quatre tercets.
— *Ça ne fait rien, vas-y tout de même.*

1. Considérez quelle est votre origine / Vous n'avez pas été faits pour vivre comme brutes / Mais pour ensuivre et science et vertu.
2. J'avais si fort excité mes amis…
3. La face de la lune avait reçu le jour.

> *... Quando mi apparve una montagna, bruna*
> *Per la distanza, e parvemi alta tanto*
> *Che mai veduta non ne avevo alcuna*[1].

Oui, oui, « *alta tanto* », et pas « *molto alta* », proposition consécutive. Et les montagnes, quand on les voit de loin... les montagnes... oh ! Pikolo, Pikolo, dis quelque chose, parle, ne me laisse pas penser à mes montagnes, qui apparaissent, brunes dans le soir, quand je revenais en train, de Milan à Turin !
Assez, il faut continuer, ce sont des choses qu'on pense mais qu'on ne dit pas. Pikolo attend et me regarde.
Je donnerais ma soupe d'aujourd'hui pour pouvoir trouver la jonction entre « *non ne avevo alcuna* » et la fin. Je m'efforce de reconstruire le tout en m'aidant de la rime, je ferme les yeux, je me mords les doigts : peine perdue, le reste est silence. D'autres vers me traversent l'esprit : « ... *la terra lagrimosa diede vento*... [2] », non, c'est autre chose. Il est tard, il est tard, nous voilà aux cuisines, il faut conclure :

> *Tre volte il fe' girar con tutte l'acque,*
> *Alla quarta levar la poppa in suso*
> *E la prora ire in giú, come altrui piacque*... [3]

Je retiens Pikolo : il est absolument nécessaire et urgent qu'il écoute, qu'il comprenne ce « come altrui piacque » avant qu'il ne soit trop tard ; demain lui ou moi nous pouvons être morts, ou ne plus jamais nous revoir ; il faut que je lui dise, que je lui parle du Moyen Âge, de cet anachronisme si humain, si nécessaire et pourtant si inattendu, et d'autre chose encore, de

1. Quand se montra, bleui par la distance / Un sommet isolé qui me parut plus haut / Qu'aucun des monts que j'avais jamais vus.
2. ... De la terre des pleurs un grand vent s'éleva...
3. Par trois fois dans sa masse elle la fit tourner / Mais à la quarte fois, la poupe se dressa / Et l'avant s'abîma, comme il plut à quelqu'un...

quelque chose de gigantesque que je viens d'entrevoir à l'instant seulement, en une fulgurante intuition, et qui contient peut-être l'explication de notre destin, de notre présence ici aujourd'hui…

Nous voilà maintenant en train de faire la queue pour la soupe, mêlés à la foule sordide et déguenillée des porte-soupe des autres Kommandos. Les derniers arrivés se bousculent derrière nous.
— *Kraut und Rüben ?*
— *Kraut und Rüben.*
C'est l'annonce officielle que nous aurons aujourd'hui de la soupe aux choux et aux navets :
— *Cavoli e rape.*
— *Kaposzta és répak.*

Infin che 'lmar fu sopra noi rinchiuso[1].

Robert ANTELME (1917-1990)

L'Espèce humaine (publié en 1947)

(Gallimard, « Tel »)

Robert Antelme entre en 1943 dans la Résistance. Arrêté par la Gestapo, il est déporté en juin 1944 et reste près d'un an prisonnier des camps nazis (Buchenwald, Dachau). À son retour, il écrit L'Espèce humaine. *Ce livre, le seul d'Antelme, a sûrement été commencé là-bas, pour lutter chaque jour contre les S.S. qui auraient voulu nier l'humanité de leurs semblables : leurs prisonniers. Mais en vain : les S.S. pouvaient rayer les noms, effacer les visages, réduire à l'animalité, tuer, mais ils ne pouvaient pas changer l'être humain en autre chose. « Il n'y a pas d'ambiguïté, écrit Antelme, nous restons des hommes, nous ne finirons qu'en hommes. C'est parce que nous sommes des hommes comme eux que les S.S.*

1. Jusqu'à tant que la mer fût sur nous refermée.

seront en définitive impuissants devant nous.» Mais être homme, ici, cela signifie continuer de vivre, dans la brûlure de la faim, des blessures, d'une peur atroce et nue. Le prisonnier des camps, toujours près de sombrer dans la folie et dans la haine, totalement incapable de répondre à ses bourreaux, ne trouve refuge que dans le sentiment d'appartenance à l'espèce, un sentiment que rien ne peut annuler. Autrui devient le seul garant de mon existence et par ce lien d'humanité fragile, «l'homme reste l'indestructible». En avril 1945, Robert Antelme, atteint du typhus, est arraché du mouroir de Dachau. Marguerite Duras, alors son épouse, a raconté ce sauvetage dans La Douleur. *Dès son retour à Paris, entre la vie et la mort — il pèse trente-cinq kilos, sa chair est translucide —, il parle, continûment, de jour comme de nuit. Parler pour tenter de dire l'inimaginable. «Nous voulions parler, être entendus enfin. Et cependant, à peine commencions-nous à raconter, que nous suffoquions», écrit-il.*

Francis aussi devait y participer. Il devait dire des poésies. Il était assis sur sa paillasse qui se trouvait tout près du tréteau et, la tête dans les mains, il se récitait la poésie qu'il allait dire. Quelque temps auparavant, Gaston avait demandé à des copains d'essayer de se souvenir des poésies qu'ils connaissaient et d'essayer de les transcrire. Chacun d'eux, le soir, allongé sur sa paillasse, essayait de se souvenir et quand il n'y parvenait pas, allait consulter un copain. Ainsi, des poèmes entiers avaient pu être reconstitués par l'addition des souvenirs qui était aussi une addition de forces. Lancelot — un marin qui était mort peu de temps avant cette réunion — avait transcrit les poèmes sur des petits bouts de carton qu'il avait trouvés au magasin de l'usine.

C'était sur un des bouts de carton laissés par Lancelot que Francis avait étudié la poésie qu'il voulait maintenant réciter.

Des camarades sont arrivés de l'autre chambre et se sont assis sur des bancs qui avaient été disposés le long des châlits, de chaque côté de l'allée. Cet afflux soudain a réveillé ceux de la nôtre qui ont commencé à croire qu'il allait vraiment y avoir quelque chose et attendaient plus sérieusement. En tout cas leur attention était éveillée et c'était l'essentiel. Même ceux qui étaient autour du poêle étaient maintenant tentés de s'approcher du tréteau et de sacrifier leur place.

Gaston est monté sur le tréteau. La petite lueur de la lampe à huile éclairait à peine sa figure. Il avait enlevé son calot et son crâne apparaissait carré, osseux, écrasant son visage sans joues. Son rayé était sale, ses souliers boueux. Gaston paraissait encore plus pesant, debout sur la planche. Il ne savait trop quoi faire de ses mains qu'il laissait pendre le long de son corps ou qu'il frottait de temps en temps l'une contre l'autre.

Les conversations des copains se poursuivaient à voix plus basse, mais maintenant, ils regardaient vers Gaston.

Gaston dit à peu près ceci :

« Camarades, on a pensé qu'il était nécessaire de profiter d'un après-midi comme celui-ci pour se retrouver un peu ensemble. On se connaît mal, on s'engueule, on a faim. Il faut sortir de là. Ils ont voulu faire de nous des bêtes en nous faisant vivre dans des conditions que personne, je dis personne, ne pourra jamais imaginer. Mais ils ne réussiront pas. Parce que nous savons d'où nous venons, nous savons pourquoi nous sommes ici. La France est libre mais la guerre continue, elle continue ici aussi. Si parfois il nous arrive de ne pas nous reconnaître nous-mêmes, c'est cela que coûte cette guerre et il faut tenir. Mais pour tenir, il faut que chacun de nous sorte de lui-même, il faut qu'il se sente responsable de tous. Ils ont pu nous déposséder de tout mais pas de ce que nous sommes. Nous existons encore. Et maintenant, ça vient, la fin arrive, mais pour tenir jusqu'au bout, pour leur résister et résister à ce relâchement qui nous menace, je vous le redis, il faut que nous nous tenions et que nous soyons tous ensemble. »

Gaston avait crié cela d'un trait, d'une voix qui était devenue progressivement aiguë. Il était rouge et ses yeux étaient tendus. Les copains aussi étaient tendus et ils avaient applaudi. Les droit commun avaient l'air stupéfait et ne disaient rien. Ces phrases étaient lourdes dans le block. Elles semblaient venir de très loin. On oubliait la soupe, on n'y pensait plus. Et ce que l'on avait pu se dire seul à soi-même, venait d'acquérir une force considérable pour avoir été crié à haute voix, pour tous.

Gaston qui était descendu du tréteau y remonta pour annoncer que des copains allaient chanter et dire des poésies. Il annonça d'abord Francis.

Francis monta sur la planche. Il était petit, beaucoup moins massif que Gaston. Il avait, lui aussi, enlevé son calot. Son crâne était plus blanc que celui de Gaston, et sa figure plus maigre encore. Il tenait son calot dans sa main et paraissait intimidé. Il resta un instant ainsi, attendant que le silence se fasse, mais dans le fond du block les conversations continuaient. Alors il s'est tout de même décidé à commencer.

Heureux qui comme Ulysse a fait un beau voyage… [1]

Il disait très lentement, d'une voix monocorde et faible.

— Plus fort ! criaient des types au fond de la chambre.

… *Et puis est retourné plein d'usage et raison…*

Francis essayait de dire plus fort, mais il n'y parvenait pas. Sa figure était immobile, triste, ses yeux étaient fixes. L'hiver du *zaun-kommando* était imprégné dessus ; sur sa voix aussi qui était épuisée. Il mettait toute son application à bien détacher les mots et à garder le même rythme dans sa diction. Jusqu'au bout il se tint raide, angoissé comme s'il avait eu à dire l'une des choses les plus rares, les plus secrètes qu'il lui fût jamais arrivé d'exprimer ; comme s'il avait eu peur que, brutalement, le poème ne se brise dans sa bouche.

Quand il eut fini, il fut applaudi lui aussi par ceux qui n'étaient pas trop loin de lui.

1. Voir p. 16.

Jorge SEMPRUN (né en 1923)

Le Mort qu'il faut (2001)

(« La bibliothèque Gallimard »)

*Jorge Semprun est né à Madrid. En 1937, pendant la guerre d'Espagne, sa famille s'exile en France. Il poursuit sa scolarité à Paris, puis étudie la philosophie à la Sorbonne. En 1941, il rejoint la Résistance française. Il entre en contact avec le réseau communiste des Francs-tireurs et partisans-Main-d'œuvre ouvrière immigrée (FTP-MOI). En 1942, il entre au parti communiste espagnol (PCE). Il fait partie d'un réseau qui réceptionne en Bourgogne des armes parachutées et les répartit dans les maquis de l'Yonne et de la Côte-d'Or. En 1943, il est arrêté par la Gestapo et envoyé au camp de concentration de Buchenwald. Après la période de quarantaine dans le Petit Camp, il est affecté par l'organisation communiste clandestine du camp à l'*Arbeitsstatistik *(l'administration du travail), sans toutefois entrer dans la catégorie des détenus privilégiés* (Prominenten). *Pour le compte du PCE, il est chargé d'organiser des activités culturelles pour les déportés espagnols. Peu avant l'arrivée des troupes américaines du général Patton, il participe au soulèvement des déportés. Le camp est libéré le 11 avril 1945 ; Jorge Semprún est évacué le 26 et est de retour à Paris dans les jours qui suivent.*

On pouvait choisir d'aller dormir, par exemple.

D'ailleurs, la plupart des déportés couraient vers les dortoirs, sitôt l'appel du dimanche terminé. S'oublier, se perdre, rêver peut-être. Ils s'abattaient d'un seul tenant sur la paillasse des châlits, sombraient aussitôt. Après l'appel, après la soupe du dimanche — aux nouilles, toujours ; la plus épaisse de la semaine ; bienvenue, toujours —, le besoin de néant réparateur semblait prévaloir.

On pouvait aussi prendre sur soi, sur le retard de sommeil, sur la fatigue de vivre, pour aller retrouver des copains. Recréer une communauté, parfois une communion, quand celle-là n'était pas seulement de village natal, ou de maquis, de mouvement de résistance ; quand elle était, de surcroît, politique, ou religieuse, aspirant à un dépassement, donc à une transcendance, vous y aspirant.

Prendre sur soi pour sortir de soi, somme toute.

Échanger des signes, quelques mots, des nouvelles du monde, des gestes fraternels, un sourire, un mégot de *machorka*, des morceaux de poèmes. Bribes, désormais, brindilles, brins épars, car la mémoire s'effritait, s'amenuisait. Les plus longs poèmes connus par cœur, du fond du cœur, *Le bateau ivre*, *Le cimetière marin*, *Le voyage*, se réduisaient à quelques quatrains décousus, disparates. D'autant plus bouleversants, certes, à émerger encore dans la brume du passé anéanti.

[…]

Outre la promenade, il n'y avait qu'un autre moyen de tromper l'angoisse gluante de la promiscuité perpétuelle : c'était la récitation poétique, à voix basse ou à haute voix.

Ce moyen-là avait sur la promenade hygiénique un avantage considérable, même s'il était, bien évidemment, moins salutaire pour le corps en déréliction : c'était de pouvoir se pratiquer à tout moment, quel que fût le temps, l'endroit, l'heure de la journée.

Il y suffisait d'un peu de mémoire.

Ainsi, même assis sur la poutre des latrines du Petit Camp ; ou éveillé dans le brouhaha gémissant du dortoir ; ou aligné au cordeau sur la rangée de détenus devant un sous-off SS faisant l'appel ; ou attendant que le service des chambrées découpât au fil d'acier le dérisoire morceau de margarine quotidien ; dans n'importe quelle circonstance on pouvait s'abstraire de l'immédiateté hostile du monde pour s'isoler dans la musique d'un poème.

Aux chiottes, quelle que fût la pestilence et le bruyant soulagement des viscères autour de vous, rien ne vous interdisait de murmurer la consolante mélodie de quelques vers de Paul Valéry.

« Calme, calme, reste calme/connais le poids d'une palme/portant sa profusion… » Ou bien : « Présence pure, ombre divine,/qu'ils sont doux tes pas retenus./Tous les dons que je devine/viennent à moi sur ces pieds nus…[1] »

Charlotte DELBO (1913-1985)

Auschwitz et après (1970)

(Minuit)

Aînée de quatre enfants, Charlotte Delbo est issue d'un milieu modeste, fille d'un chef monteur-riveteur. Elle adhère en 1932 aux Jeunesses communistes puis rencontre en 1934 Georges Dudach, qu'elle épouse. En 1937, elle devient l'assistante de Louis Jouvet au théâtre de l'Athénée. Elle part avec la troupe en mai 1941 pour une tournée en Amérique latine sous l'égide du gouvernement de Vichy. Mais quand elle apprend en septembre 1941 la mort sous la guillotine d'André Woog, un jeune architecte de leurs amis, elle décide de rejoindre son mari en France et entre dans la Résistance. Ils font partie du « groupe Politzer », en charge de la publication des Lettres françaises *dont Jacques Decour était rédacteur en chef. Georges Politzer, le philosophe communiste qui avait donné son nom à ce groupe, est fusillé en mai. Charlotte et son mari sont arrêtés le 2 mars 1942. Lui sera fusillé au fort du Mont-Valérien, le 23 mai 1942, à l'âge de vingt-huit ans. D'abord incarcérée à la prison de la Santé, à Paris, puis transférée au fort de Romainville pendant un an, Charlotte Delbo est passée par Compiègne pour être ensuite déportée à Auschwitz, par le convoi du 24 janvier 1943, deux cent trente femmes dont elle racontera le destin après la guerre. Elle est l'une des quarante-neuf femmes rescapées de ce convoi et portera tatoué sur le bras, le reste de sa vie, le numéro 31661. Envoyée le 7 janvier 1944 à Ravensbrück avec sept autres personnes et libérée par la*

1. Voir p. 76.

Croix-Rouge le 23 avril 1945, elle est rapatriée en France le 23 juin 1945.

Ce soir-là, la petite gitane qui m'avait accostée tirait de sa manche et l'y refourrait vite une brochure, un tout petit livre.

« Une ration de pain, dit-elle, en français.

— Tu parles bien français, d'où viens-tu ?

— Je suis française. De Lille.

— Et qu'est-ce que ce livre ? Montre-le-moi au moins. »

Elle ressort le petit livre pour que je regarde, mais sans le lâcher. C'était *Le Misanthrope* dans la collection des petits classiques Larousse à un franc. *Le Misanthrope*. Je n'en croyais pas mes yeux. Il y avait donc quelqu'un qui avait emporté un *Misanthrope* pour le voyage de Ravensbrück…

J'ai donné ma ration de pain. « Tout de même, tu pourrais me faire un prix. Ce n'est pas aussi facile à vendre qu'une culotte. » Rien à faire. Elle avait vu mon regard briller. Qui a jamais payé un livre aussi cher ?

Serrant précieusement mon *Misanthrope* dans ma gorge, j'ai rejoint mes camarades à la baraque. Elles s'apprêtaient à souper, c'est-à-dire à manger leur pain avec de la margarine.

« Tu ne manges pas ?

— Qu'est-ce que tu as fait de ton pain ?

— Tu as encore acheté une cigarette !

— Je ne l'aurais pas fumée toute seule. Non, j'ai acheté un livre. »

J'ai tiré *Le Misanthrope* de ma poitrine.

« Alors, tu vas nous le lire ? »

Et chacune a coupé une tranche de son pain pour me faire une ration.

Qu'il parlait bien, Alceste. Que sa langue était précise et ferme, que son allure était ample.

« Elle a la langue aussi pointue que toi, Cécile, cette Célimène », disait Poupette qui rencontrait Célimène pour la première fois.

Depuis Auschwitz, j'avais peur de perdre la mémoire. Perdre la mémoire, c'est se perdre soi-même, c'est n'être plus soi. Et j'avais inventé toutes sortes d'exercices pour faire travailler ma mémoire : me rappeler tous les numéros de téléphone que j'avais sus, toutes les stations d'une ligne de métro, toutes les boutiques de la rue Caumartin, entre l'Athénée et le métro Havre-Caumartin. J'avais réussi, au prix d'efforts infinis, à me rappeler cinquante-sept poèmes. J'avais tellement peur de les voir s'échapper que je me les récitais tous chaque jour, tous l'un après l'autre, pendant l'appel. J'avais eu tant de peine à les retrouver ! Il m'avait fallu parfois des jours pour un seul vers, pour un seul mot, qui refusaient de revenir. Et voilà que d'un seul coup, j'avais toute une brochure à apprendre, tout un texte.

J'ai appris *Le Misanthrope* par cœur, un fragment chaque soir, que je me répétais à l'appel du lendemain matin. Bientôt j'ai su toute la pièce, qui durait presque tout l'appel. Et jusqu'au départ, j'ai gardé la brochure dans ma gorge.

Groupement de textes stylistique

Poétiques du XXe siècle

NOUS AVONS CHOISI de vous présenter dans ce groupement une série de poétiques modernes. Mais qu'entend-on exactement par ce terme qu'on connaît bien quand il s'agit d'un adjectif, mais moins quand il est utilisé comme nom ? Le substantif « poétique » a deux sens principaux. Il désigne tout d'abord une théorie interne de la littérature, c'est-à-dire un texte par lequel un écrivain s'interroge sur les définitions, les conventions, mais aussi la logique de son art. Depuis Aristote, qui est l'auteur de la première *Poétique*, on entend par « poétique » la théorie de la création artistique par le langage, dans la mesure où l'on envisage la création non comme un mystère insoluble, mais comme une somme de choix, une combinaison de procédés analysables, une composition de formes qui font sens.

Au deuxième sens, qui est un sens restreint, « poétique » désigne un recueil de recommandations, touchant la versification, la composition des poèmes et les règles des genres, souvent définies dans le cadre d'un mouvement littéraire. On les appelle plus couramment les « arts poétiques ». L'art poétique, étymologiquement, c'est un traité définissant les règles de la composition d'un poème, « *ars* » signifiant, en latin,

« l'habileté acquise par l'étude ou par la pratique », et aussi le « talent ». De ces textes se dégage donc l'idée d'un poète artisan, de quelqu'un qui peut être inspiré, certes, mais qui est avant tout un travailleur du langage, un technicien des mots. Comme le dit Queneau dans *Exercices de style* : « c'est en écrivant qu'on devient écriveron ». L'idée est donc bien que la poésie est une technique exigeant une certaine pratique. Les arts poétiques ont aussi une vocation didactique, c'est-à-dire qu'ils veulent transmettre des règles, délivrer des leçons à mettre en œuvre, ce qu'ils font sur-le-champ, puisque ces poétiques que nous vous présentons sont elles-mêmes des poèmes. Les règles édictées sont d'autant plus crédibles, efficientes, si elles sont mises en application au moment où elles sont énoncées. Les textes qui suivent sont, selon une expression de l'OuLiPo, des « boîtes à idées » destinées à partager des intuitions, donner des recettes, inciter à utiliser de nouvelles formes.

À vous de lire, de découvrir, et à vous de les mettre en pratique, donc !

Tristan TZARA (1896-1963)

« *Manifeste sur l'amour faible et l'amour amer* » (1920)

(première parution dans *La Vie des lettres* n° 4, 1921, repris dans *Sept manifestes Dada, Lampisteries,* Pauvert)

Pour faire un poème dadaïste
Prenez un journal.
Prenez des ciseaux.
Choisissez dans ce journal un article ayant la longueur
que vous comptez donner à votre poème.

Découpez l'article.
Découpez ensuite avec soin chacun des mots qui forment cet article et mettez-les dans un sac.
Agitez doucement.
Sortez ensuite chaque coupure l'une après l'autre.
Copiez consciencieusement dans l'ordre où elles ont quitté le sac.
Le poème vous ressemblera.
Et vous voilà « un écrivain infiniment original et d'une sensibilité charmante, encore qu'incomprise du vulgaire ».

Robert DESNOS (1900-1945)

« P'Oasis »

L'Aumonyme (1923)
Corps et biens

(« La bibliothèque Gallimard »)

Nous sommes les pensées arborescentes qui fleurissent sur les chemins des jardins cérébraux.
Sœur Anne, ma Sainte-Anne, ne vois-tu rien venir… vers Sainte-Anne ?
— Je vois les pensées odorer les mots.
— Nous sommes les mots arborescents qui fleurissent sur les chemins des jardins cérébraux.
De nous naissent les pensées.
— Nous sommes les pensées arborescentes qui fleurissent sur les chemins des jardins cérébraux.
Les mots sont nos esclaves.
— Nous sommes
— Nous sommes
— Nous sommes les lettres arborescentes qui fleurissent sur les chemins des jardins cérébraux.
Nous n'avons pas d'esclaves.
— Sœur Anne, ma sœur Anne, que vois-tu venir vers Sainte-Anne ?

Je vois les Pan C
Je vois les crânes KC
Je vois les mains DCD
Je les M
Je vois les pensées BC et les femmes MÉ
et les poumons qui en ont AC de l'RLO,
poumons noyés des ponts NMI.
Mais la minute précédente est déjà trop AG.
— Nous sommes les arborescences qui fleurissent sur
les déserts des jardins cérébraux.

Raymond QUENEAU (1903-1976)

« Pour un art poétique, V »

L'Instant fatal (1948)

(« Poésie/Gallimard »)

Bon dieu de bon dieu que j'ai envie d'écrire un petit
poème
Tiens en voilà justement un qui passe
Petit petit petit
viens ici que je t'enfile
sur le fil du collier de mes autres poèmes
viens ici que je t'entube
viens ici que je t'enpapouète
dans le comprimé de *Mes Œuvres complètes*
et que je t'enrime
et que je t'enrythme
et que je t'enlyre
et que je t'empégase
et que je t'enverse
et que je t'enprose

la vache
il a foutu le camp

Philippe JACCOTTET (né en 1925)

« Parler est facile… »

À la lumière d'hiver (1977)

(« Poésie/Gallimard »)

Parler est facile, et tracer des mots sur la page,
en règle générale, est risquer peu de chose :
un ouvrage de dentellière, calfeutré,
paisible (on a pu même demander
à la bougie une clarté plus douce, plus trompeuse),
tous les mots sont écrits de la même encre,
« fleur » et « peur » par exemple sont presque pareils,
et j'aurai beau répéter « sang » du haut en bas de la
page, elle n'en sera pas tachée,
ni moi blessé.

Aussi arrive-t-il qu'on prenne ce jeu en horreur,
qu'on ne comprenne plus ce qu'on a voulu faire
en y jouant, au lieu de se risquer dehors
et de faire meilleur usage de ses mains.

Cela,
c'est quand on ne peut plus se dérober à la douleur,
qu'elle ressemble à quelqu'un qui approche
en déchirant les brumes dont on s'enveloppe,
abattant un à un les obstacles, traversant
la distance de plus en plus faible — si près soudain
qu'on ne voit plus que son mufle plus large
que le ciel.

Parler alors semble mensonge, ou pire : lâche
insulte à la douleur, et gaspillage
du peu de temps et de forces qui nous reste.

Eugène GUILLEVIC (1907-1997)

Art poétique (1989)

(« Poésie/Gallimard »)

Le poème
Ne tue pas le vide,
Il l'éloigne.

Le poème fait toucher
Le vide
Qui le borde.

Ce vide plus fort,
Plus dominateur
Que lui.

Si bien
Que c'est sa présence
À la lisière

Qui donne sa puissance
Au poème
Dans ses limites.

Fatalement, rimer
C'est répéter, piétiner,
Poser un son
Pour le retrouver.
Or, je veux que les mots
Aillent à l'aventure,

Et que l'on découvre
S'ils s'accordent.

Pourquoi, faut-il, d'ailleurs,
Qu'ils s'accordent ?

Qui te dira
Si ton poème
Est poème ?

S'il restera gravé
Dans cet espace durable
Où se tient le poème ?

Le poème
Nous met au monde.

Forcé d'écrire ?
Je n'en ai pas envie.
J'aimerais
Rester là, immobile.

À regarder le ciel ;
Il n'y a pas plus bleu,

Et de temps en temps
L'horizon et ses approches.

Je voudrais
Me passer des mots.

Je ne sais pas
Si je serai compris,

Je ne sais même pas
Si je me comprendrai.

Je continue
À soupeser la pomme.

Chronologie

Une brève histoire de la poésie
à travers les siècles

1.

La Renaissance, une période d'intense création poétique

1. *L'école lyonnaise*

Lyon est alors une capitale intellectuelle, qui profite de la proximité d'une Italie « inspirante ». Autour de Maurice Scève s'est formé un groupe de poètes parmi lesquels on compte aussi des femmes : Pernette du Guillet et Louise Labé (p. 17). Tous produisent des œuvres marquées par le raffinement formel et la subtilité des sentiments.

2. *La Pléiade*

Les deux plus grands poètes de cette Renaissance, Du Bellay et Ronsard, se sont connus à Paris, vers 1547, où ils suivaient les cours de langue et de civilisation grecques et latines donnés par un grand humaniste, Jean Dorat. Ils décident de former un groupe, initialement nommé la Brigade, pour promouvoir une nouvelle poésie française nourrie des trésors de l'Antiquité. Ils se donnent un programme en forme de manifeste, la *Défense et illustration de la langue française* (Du Bellay, 1549), qui prétend faire du français — langue encore neuve et « vulgaire » — une langue poétique susceptible de produire une poésie digne de ces illustres devancières que furent la poésie grecque et la poésie latine. En 1553, le groupe prend le nom de « Pléiade », en souvenir d'un groupe de poètes grecs de l'Antiquité, lesquels faisaient ainsi référence à la constellation formée par les sept filles du géant Atlas.

3. *La poésie baroque*

Après le prolifique mouvement de la Pléiade, se développe à partir de 1570 une poésie qu'on a qualifiée de baroque et qui continue à être active jusqu'à la concurrence et bientôt au triomphe de l'esthétique classique. On ne peut la comprendre sans faire référence au contexte politique, marqué par une grande instabilité — deux régences, des interrègnes, des troubles religieux, des frondes politiques, et un courant philosophique dit « libertin », qui remet en cause l'existence de Dieu et fragilise les croyances.

Le courant baroque (du portugais *barroco*, « perle irrégulière ») naît donc sur fond de troubles et se caractérise par des formes et des thèmes poétiques marqués par l'incertitude, l'irrégularité, le foisonnement, l'emphase. L'art cherche à saisir ce qui s'échappe, le sentiment de la fragilité de la vie s'exprime par une poésie évoquant la violence et la mort (Marbeuf, p. 21).

2.

La poésie classique : l'apogée des règles

1. *Malherbe et les règles classiques*

C'est en réaction aux licences de la Pléiade et des poètes baroques que se forge, autour de Malherbe, un courant dit « classique » qui s'efforce de définir des règles pour une poésie plus simple, épurée des raffinements et aussi des outrances passées. C'est une esthétique de la raison qui prédomine, faite de clarté, de naturel, d'équilibre. Elle s'adresse plus à l'intelligence et au jugement qu'au cœur ou à l'âme. C'est une poésie mondaine qui aspire à l'ordre, à la retenue, au sérieux intellectuel.

2. *La Fontaine, l'orfèvre poète*

Mais les plus grandes réussites classiques sont ailleurs, et particulièrement chez La Fontaine, qui est à la fois l'héritier de Malherbe et un poète qui le surpasse en tout point. Du classicisme, il retient l'idée de l'imitation des Anciens, et il est vrai que les Fables viennent de l'Antiquité grecque (Ésope) et latine (Phèdre), mais La Fontaine y apporte une nouveauté incomparable. Son coup de génie, c'est peut-être ce qu'il appelle humblement la « mise en vers » de ces petits récits, surtout qu'il choisit pour ses fables des vers libres, c'est-à-dire une alternance souple, musicale, et très expressive, d'alexandrins, d'octosyllabes, de décasyllabes et parfois de vers impairs et/ou très courts. Chaque fable tient à la fois du récit et du théâtre, faisant varier à l'infini les formes et les tons, de la saynète comique à la méditation lyrique ou philosophique, de la satire un peu crue à l'élégie ou à l'épopée. Partout s'imposent la concision, l'élégance, la gaieté et l'humour, dans des poèmes dont la diversité est peut-être le maître mot.

3.

Les Lumières sans poète ?

Le siècle des Lumières se présente comme un siècle « blanc » pour la poésie, seule période de notre histoire littéraire à n'avoir produit aucun chef-d'œuvre dans un genre poétique, et incapable de renouveler ses formes et ses thèmes. Le XVIIIe siècle meurt de son manque d'originalité, de ses redites. Le seul à émerger, bien tardivement, c'est André Chénier, qui reste en grande partie un poète classique (« Sur des pensers nouveaux faisons des vers antiques ») mais dont l'inspiration lyrique et émouvante annonce déjà le romantisme.

4.

Le XIXe siècle : du romantisme au symbolisme

1. *Le triomphe du lyrisme*

C'est la publication des *Méditations poétiques* de Lamartine, en 1820, qui marque le début d'une extraordinaire période de fécondité poétique. La génération du « mal du siècle », confrontée à des bouleversements politiques qui déstabilisent la société tout entière, choisit la poésie comme instrument privilégié d'exploration et d'expression des nouveaux rapports entre le Moi et le Monde. La poésie, au XIXe siècle, sera constamment lyrique. Le poète romantique se reconnaît d'abord à ce qu'il dit JE. Le Moi est sujet et objet du poème : « Je n'imitais plus personne, je m'exprimais moi-même pour moi-même. Ce n'était pas un art, c'était un soulagement de mon propre cœur qui se berçait de ses propres sanglots », écrit Lamartine. Quant à Musset, il dit : « Ce qu'il faut à l'artiste et au poète, c'est l'émotion. Quand j'éprouve, en faisant un vers, un certain battement de cœur que je connais, je suis sûr que mon vers est de la meilleure qualité que je puisse pondre. »

Mais, à travers l'écriture poétique, la richesse de l'émotion personnelle doit atteindre à l'universel. Les grands thèmes romantiques abordent donc la question du temps et de la mort, et aussi de la nature, cadre éternel et consolant dans lequel passe l'homme, éphémère et impuissant.

Sur le plan formel, le XIXe romantique est épris de liberté. Il assouplit l'alexandrin, recherche une plus grande musicalité et crée le poème en prose, forme intermédiaire qui connaît une riche postérité.

2. *Le Parnasse, le culte de « l'art pour l'art »*

Ce courant de liberté ne touche pas toute la poésie. Parallèlement, l'école de l'art pour l'art associe la poésie à un travail d'orfèvre qui repose sur des recherches sonores ou imagées tendant à exclure l'expression des émotions : « sculpte, lime, cisèle », intime Théophile Gautier au poète — leçon reprise par les poètes du Parnasse, autour de Leconte de Lisle (« Le Rêve du jaguar », p. 50) et de José Maria de Hérédia (p. 62) qui tous deux prônent le primat de la forme sur le fond, autour des années 1860-1875.

3. *Le retour au sensible avec Baudelaire*

Baudelaire fut un instant tenté par cette conception plastique, technicienne et impersonnelle de la poésie. Mais il incombe à son génie d'avoir compris qu'il était impossible et improductif d'opposer l'émotion et le langage. Il fonda donc une nouvelle esthétique sous le concept de modernité qui devint l'instrument d'une réconciliation entre le réel, l'émotion et l'idéal, la sublimation : « La modernité, c'est le transitoire, le fugitif, le contingent, la moitié de l'art, dont l'autre moitié est l'éternel et l'immuable. »

Sa poésie se caractérise par un renouvellement des thèmes (la ville, la marginalité, la folie, l'aliénation) et par de nouvelles pratiques d'écriture (sonnets irréguliers, poèmes en prose), mais Baudelaire reste assez conservateur sur le plan de la forme : il ouvre la voie plus qu'il n'expérimente lui-même.

4. *Le symbolisme : Verlaine, Rimbaud, Mallarmé*

À la suite de Baudelaire, Verlaine et Rimbaud annoncent une rupture qui se confirme dans les années 1880 avec Mallarmé. La nouvelle école trouve son nom en 1886, quand Jean Moréas publie le *Manifeste du symbolisme*. Il propose une poétique de la suggestion et de l'impression et vise moins la représentation que l'évocation. Il refuse toute poésie morale ou didactique (toute poésie qui donnerait des leçons) pour chercher des symboles ou « correspondances » (à la suite de Baudelaire) qui permettent d'accéder au monde supérieur des « Idées ». La musique des mots et le rythme des vers (Verlaine militant pour l'impair) servent cette exigence mystique.

Plus qu'un mouvement, le symbolisme est un état d'esprit marqué par le retour du sens du mystère, la curiosité pour l'au-delà et l'intérêt pour les questions métaphysiques. Mais la poésie rencontre alors une limite : celle des capacités de l'esprit humain. Avec Mallarmé, elle triture la syntaxe, manipule le lexique et devient finalement hermétique. Rendue alors inaccessible au lecteur, elle semble avoir atteint un point de non-retour.

5.

La modernité poétique du XXe siècle

1. *Apollinaire et l'Esprit nouveau*

Le passage du XIXe au XXe siècle est marqué par un sentiment général : celui d'entrer dans un monde nouveau, dominé par le progrès technique, le développement des transports (aériens, maritimes et ferroviaires), le triomphe des nouveaux matériaux (béton, verre, acier) et l'essor de la civilisation urbaine et industrielle.

La poésie de Cendrars et d'Apollinaire prend souvent la forme de véritables hymnes à la civilisation technique. La poésie s'adapte à l'impression dominante de vitesse, de fragmentation et même de confusion, par exemple en supprimant toute ponctuation, comme le fait Apollinaire. Ces nouveaux poètes transgressent donc les règles formelles héritées des siècles précédents et créent une poésie libérée de la forme. Mais s'il met en scène le monde moderne, Apollinaire n'en oublie pas moins l'inspiration lyrique (« Le pont Mirabeau » (79), « Nuit rhénane » (80) et « Mai » (81)).

2. *La révolution surréaliste*

Le mot « surréaliste » est inventé par Apollinaire en 1917, mais il ne prend sa pleine valeur qu'après la Première Guerre mondiale, lorsque André Breton s'en saisit pour définir une nouvelle école issue du mouvement Dada et violemment contestataire. Le surréalisme désigne la volonté de créer hors de tout contrôle de la raison. Les poètes privilégient les associations de mots, la transcription des rêves, l'inconscient, l'écriture automatique (c'est-à-dire sur laquelle ne s'exerce en principe aucun contrôle, aucun esprit critique). Cette poésie est l'expression des angoisses et des doutes que l'histoire a créés : inhumanité, barbarie, absurdité de la guerre, révélées en 1914-1918. La cohésion du groupe (Breton, Aragon, Soupault, Desnos, Éluard) ne survit pas au début des années 1930, mais l'influence du mouvement se prolonge jusque dans les années 1960.

3. *L'OuLiPo*

Abréviation de l'expression Ouvroir de Littérature Potentielle, ce mouvement fut créé et animé dans les années 1960 par Queneau et Perec et reste actif encore aujourd'hui (notamment grâce à l'émission de radio « Des Papous dans la tête » sur France Culture). Ce groupe expérimental se donne pour objectif de composer des textes à partir d'un nombre important de contraintes formelles : suppression obligatoire de certaines lettres, remplacement systématique d'un mot par un autre (sur le principe du fameux « S+7 »). Les textes produits sont donc aussi insolites et imprévisibles que certains textes surréalistes. Ils illustrent des recherches qui portent sur le pouvoir des mots et du langage et multiplient les expériences associant virtuosité et humour.

Éléments pour une fiche de lecture

Regarder le tableau

- Énumérez ce que vous voyez et classez cette liste suivant cette répartition : faune, flore, humain. Précisez cette énumération en dénombrant ce qui peut l'être.
- Donnez au moins deux autres titres possibles pour ce tableau.
- Gardez, parmi ces adjectifs, ceux qui vous semblent convenir quand vous regardez *Le Poète et sa muse* : tendre, mystérieux, joyeux, beau, irréel, réaliste, triste, métaphorique.
- Quelles sont les couleurs les plus utilisées ? Commentez.

Conseils pour apprendre par cœur

- Ce qu'on va essentiellement vous demander, à partir de cet ouvrage, c'est d'apprendre des poèmes par cœur. Il faut donc identifier tout d'abord quel est votre type de mémoire : mémoire visuelle, auditive, scripturale, déclarative… En gros, dans quelles conditions apprenez-vous et surtout retenez-vous le mieux ? En parcourant des yeux, en écoutant, en recopiant ou en disant un texte à haute voix ? Quoi qu'il en soit, il n'est pas de mémorisation possible sans la répétition renouvelée d'un texte. La répétition crée des connections stables entre les neurones (par des points de jonction appelés synapses), alors n'hésitez pas à lire ou dire votre texte des dizaines — voire des centaines de fois ! — pour vous l'approprier. Si vous n'en êtes pas satisfait, sachez qu'il y a des moyens d'améliorer les performances de votre mémoire. Notamment en apprenant en plusieurs fois : on a découvert qu'instaurer des périodes de repos entre les phases d'apprentissage donnait de bien meilleurs résultats, car le cerveau a besoin de temps et de sommeil, en particulier pour consolider l'apprentissage. C'est ce qu'on appelle l'« apprentissage distribué ». On sait aussi, d'autre part, que certains moments de la journée sont particulièrement propices à la mémorisation, comme le matin, jusqu'à midi et en milieu d'après-midi, vers quinze heures. À vous de voir quand vous êtes le plus efficace ! Enfin, sachez qu'une bonne mémoire est une mémoire stimulée. Apprenez le contenu de votre répertoire téléphonique, une liste de courses, faites des associations d'idées. Lisez. Jouez à des jeux de stratégie : échecs, Scrabble ou à des jeux de logique, comme les mots croisés ou le Sudoku. Utilisée au quotidien, votre mémoire sera vive, alerte, plus à même de vous restituer un texte. En gros, plus vous apprenez, plus vous apprenez facilement…

- Votre meilleur allié, dans cette mémorisation, ce sont les rimes. Ce sont elles qui, en faisant revenir un son attendu, offrent un jalon pour votre mémoire, un chaînon qui peut vous permettre de ressaisir le fil des mots qui courent et s'enfuient. À l'origine, c'était même sa fonction principale. Vous pouvez donc commencer par apprendre le schéma des rimes…

- Certains poèmes de ce recueil sont très longs (« Le plus beau vers de la langue française » de René de Obaldia, par exemple). Formez un groupe et répartissez-vous les strophes. Récitez à deux, trois, ou quatre, comme pour un dialogue théâtral, ce qui peut aussi vous permettre de varier les tons et donc de proposer plusieurs interprétations du même texte.

Devenez poète !

- **Les bouts-rimés** : à partir des mots mis à la rime dans un poème de cette anthologie (par exemple « Heureux qui comme Ulysse » de Du Bellay, ou « Roman » de Rimbaud), composez un autre poème.
- **Lipogrammes**. « Un lipogramme est un texte dans lequel l'auteur s'impose de ne jamais employer une lettre, parfois plusieurs. » (*Abrégé de littérature potentielle*, OuLiPo). Sur ce modèle, composez un poème sans E, ou sans A… ou sans une autre lettre de votre choix. Plus la lettre manquante est courante, plus la contrainte est forte et plus le texte obtenu sera étrange et potentiellement drôle, par les efforts que vous aurez faits pour contourner cette difficulté.
- « **Soustraire — La Belle Absente, le bel Absent.** » « Poème composé en l'honneur d'une personne d'un sexe ou de l'autre. Le poème comporte autant de vers que les lettres du nom de la (ou du) destinataire. On s'interdit d'utiliser dans le premier vers la première lettre de ce nom », dans le deuxième vers la deuxième, etc… Si vous dédiez votre poème

à un dénommé Aurélien, vous composerez donc un huitain dont le premier vers ne comportera aucun A, le deuxième aucun U, le troisième aucun R, le quatrième aucun E, etc... Le nom de cet(te) absent(e) devra donc être deviné par les lecteurs, c'est comme une énigme...

- **Monovocalismes** : variante extrême du lipogramme, le monovocalisme est un poème dans lequel on n'utilise qu'une seule voyelle (et toutes les consonnes !). Je vous conseille pour ce type de travail difficile de commencer par rassembler des mots (et notamment des mots outils : déterminants, verbes à des temps et des personnes compatibles avec la contrainte, adverbes, noms propres et même mots d'origine étrangère compréhensibles en français) que vous pourrez ensuite combiner pour composer votre texte.
- **S+7**. Célèbre jeu oulipien inventé par Raymond Queneau qui consiste à remplacer chaque substantif (S) d'un texte choisi par le septième substantif trouvé après lui dans un dictionnaire donné (d'où l'appellation « S+7 »). L'exemple le plus fameux est « La Cimaise et la Fraction », variante S+7 de « La Cigale et la Fourmi ». Bien entendu, plus le texte d'origine est connu, et plus l'exercice est concluant, puisqu'on « reconnaît » parfois le classique derrière le déguisement qu'on lui impose. Vous pouvez, pour varier les plaisirs, faire le travail en parallèle avec un(e) camarade qui prendra un autre dictionnaire. Comparer les deux versions obtenues.
- **Alexandrins greffés**. On travaille forcément à partir de deux poèmes en alexandrins. On greffe le premier hémistiche du premier vers du poème 1 (par exemple « France, mère des arts, des armes et

des lois » de Du Bellay) avec le deuxième hémistiche du premier vers du poème 2 (par exemple « Tristesse d'été » de Mallarmé, ou tout autre à votre convenance...) et ainsi de suite, vers après vers... Changez de poèmes pour obtenir le meilleur résultat possible.

- **Poème dada.** Sur le modèle du mode d'emploi donné par Tristan Tzara (p. 185), composez un poème dada.

Variations sur cette anthologie

- À partir d'une des fables de La Fontaine présente dans l'anthologie, composez un récit en prose. Comparez les deux versions pour essayer de voir ce qui fait la spécificité de chaque mode d'écriture.
- Choisissez un ou deux poèmes que vous aimez particulièrement pour les rajouter à cette anthologie. Recopiez-les et apprenez-les par cœur. Faites une séance de récitation en classe pour échanger vos goûts avec vos camarades.

Collège

Combats du XXe siècle en poésie (anthologie) (161)
Mère et fille (Correspondances de Mme de Sévigné, George Sand, Sido et Colette) (anthologie) (112)
Poèmes à apprendre par cœur (anthologie) (191)
Les récits de voyage (anthologie) (144)
La Bible (textes choisis) (49)
Fabliaux (textes choisis) (37)
Sheherazade et Aladin (192)
La Farce de maître Pathelin (146)
ALAIN-FOURNIER, *Le grand Meaulnes* (174)
Jean ANOUILH, *Le Bal des voleurs* (113)
Honoré de BALZAC, *L'Élixir de longue vie* (153)
Henri BARBUSSE, *Le Feu* (91)
Joseph BÉDIER, *Le Roman de Tristan et Iseut* (178)
Lewis CARROLL, *Les Aventures d'Alice au pays des merveilles* (162)
CHRÉTIEN DE TROYES, *Le Chevalier au Lion* (2)
CHRÉTIEN DE TROYES, *Lancelot ou le Chevalier de la Charrette* (133)
COLETTE, *Dialogues de bêtes* (36)
Joseph CONRAD, *L'Hôte secret* (135)
Pierre CORNEILLE, *Le Cid* (13)
Roland DUBILLARD, *La Leçon de piano et autres diablogues* (160)
ÉSOPE, Jean de LA FONTAINE, Jean ANOUILH, *50 Fables* (186)
Georges FEYDEAU, *Feu la mère de Madame* (188)

DANS LA MÊME COLLECTION

Gustave FLAUBERT, *Trois contes* (6)

Romain GARY, *La Promesse de l'aube* (169)

Jean GIONO, *L'Homme qui plantait des arbres* + Écrire la nature (anthologie) (134)

Nicolas GOGOL, *Le Nez. Le Manteau* (187)

Wilhelm et Jacob GRIMM, *Contes* (textes choisis) (72)

Ernest HEMINGWAY, *Le vieil homme et la mer* (63)

HOMÈRE, *Odyssée* (18)

Victor HUGO, *Claude Gueux* suivi de *La Chute* (15)

Victor HUGO, *Jean Valjean (Un parcours autour des Misérables)* (117)

Thierry JONQUET, *La Vie de ma mère !* (106)

Joseph KESSEL, *Le Lion* (30)

Jean de LA FONTAINE, *Fables* (34)

J. M. G. LE CLÉZIO, *Mondo et autres histoires* (67)

Gaston LEROUX, *Le Mystère de la chambre jaune* (4)

Guy de MAUPASSANT, *12 contes réalistes* (42)

Guy de MAUPASSANT, *Boule de suif* (103)

MOLIÈRE, *Les Fourberies de Scapin* (3)

MOLIÈRE, *Le Médecin malgré lui* (20)

MOLIÈRE, *Trois courtes pièces* (26)

MOLIÈRE, *L'Avare* (41)

MOLIÈRE, *Les Précieuses ridicules* (163)

Alfred de MUSSET, *Fantasio* (182)

George ORWELL, *La Ferme des animaux* (94)

Louis PERGAUD, *La Guerre des boutons* (65)

Charles PERRAULT, *Contes de ma Mère l'Oye* (9)

Edgar Allan POE, *6 nouvelles fantastiques* (164)

Jacques PRÉVERT, *Paroles* (29)
Jules RENARD, *Poil de Carotte* (66)
Antoine de SAINT-EXUPÉRY, *Vol de nuit* (114)
Mary SHELLEY, *Frankenstein ou le Prométhée moderne* (145)
John STEINBECK, *Des souris et des hommes* (47)
Robert Louis STEVENSON, *L'Étrange Cas du docteur Jekyll et de M. Hyde* (53)
Jean TARDIEU, *9 courtes pièces* (156)
Michel TOURNIER, *Vendredi ou La Vie sauvage* (44)
Fred UHLMAN, *L'Ami retrouvé* (50)
Jules VALLÈS, *L'Enfant* (12)
Paul VERLAINE, *Fêtes galantes* (38)
Jules VERNE, *Le Tour du monde en 80 jours* (32)
H. G. WELLS, *La Guerre des mondes* (116)
Oscar WILDE, *Le Fantôme de Canterville* (22)
Marguerite YOURCENAR, *Comment Wang-Fô fut sauvé et autres nouvelles* (100)
Émile ZOLA, *3 nouvelles* (141)

Lycée

Série Classiques

Écrire sur la peinture (anthologie) (68)
Les grands manifestes littéraires (anthologie) (175)
La poésie baroque (anthologie) (14)
Le sonnet (anthologie) (46)
Encyclopédie (textes choisis) (142)
Honoré de BALZAC, *La Peau de chagrin* (11)
Honoré de BALZAC, *La Duchesse de Langeais* (127)

DANS LA MÊME COLLECTION

Honoré de BALZAC, *Le roman de Vautrin (Textes choisis dans* La Comédie humaine*)* (183)
René BARJAVEL, *Ravage* (95)
Charles BAUDELAIRE, *Les Fleurs du mal* (17)
BEAUMARCHAIS, *Le Mariage de Figaro* (128)
André BRETON, *Nadja* (107)
Albert CAMUS, *L'Étranger* (40)
Albert CAMUS, *La Peste* (119)
Albert CAMUS, *La Chute* (125)
Albert CAMUS, *Les Justes* (185)
Louis-Ferdinand CÉLINE, *Voyage au bout de la nuit* (60)
René CHAR, *Feuillets d'Hypnos* (99)
François-René de CHATEAUBRIAND, *Mémoires d'outre-tombe* – « Livres IX à XII » (118)
Driss CHRAÏBI, *La Civilisation, ma Mère !...* (165)
Albert COHEN, *Le Livre de ma mère* (45)
Benjamin CONSTANT, *Adolphe* (92)
Pierre CORNEILLE, *Le Menteur* (57)
Denis DIDEROT, *Le Paradoxe sur le comédien* (180)
Madame de DURAS, *Ourika* (189)
Marguerite DURAS, *Un barrage contre le Pacifique* (51)
Paul ÉLUARD, *Capitale de la douleur* (126)
Annie ERNAUX, *La place* (61)
Gustave FLAUBERT, *Madame Bovary* (33)
Gustave FLAUBERT, *Écrire* Madame Bovary *(Lettres, pages manuscrites, extraits)* (157)
André GIDE, *Les Faux-Monnayeurs* (120)
André GIDE, *La Symphonie pastorale* (150)

DANS LA MÊME COLLECTION

Victor HUGO, *Hernani* (152)

Victor HUGO, *Mangeront-ils ?* (190)

Eugène IONESCO, *Rhinocéros* (73)

Sébastien JAPRISOT, *Un long dimanche de fiançailles* (27)

Charles JULIET, *Lambeaux* (48)

Franz KAFKA, *Lettre au père* (184)

Eugène LABICHE, *L'Affaire de la rue de Lourcine* (98)

Jean de LA BRUYÈRE, *Les Caractères* (24)

Pierre CHODERLOS DE LACLOS, *Les Liaisons dangereuses* (5)

Madame de LAFAYETTE, *La Princesse de Clèves* (39)

Louis MALLE et Patrick MODIANO, *Lacombe Lucien* (147)

André MALRAUX, *La Condition humaine* (108)

MARIVAUX, *L'Île des Esclaves* (19)

MARIVAUX, *La Fausse Suivante* (75)

MARIVAUX, *La Dispute* (181)

Guy de MAUPASSANT, *Le Horla* (1)

Guy de MAUPASSANT, *Pierre et Jean* (43)

MOLIÈRE, *L'École des femmes* (25)

MOLIÈRE, *Le Tartuffe* (35)

MOLIÈRE, *L'Impromptu de Versailles* (58)

MOLIÈRE, *Amphitryon* (101)

Michel de MONTAIGNE, *Des cannibales + La peur de l'autre* (anthologie) (143)

MONTESQUIEU, *Lettres persanes* (56)

Alfred de MUSSET, *Lorenzaccio* (8)

Irène NÉMIROVSKY, *Suite française* (149)

OVIDE, *Les Métamorphoses* (55)
Blaise PASCAL, *Pensées* (Liasses II à VIII) (148)
Pierre PÉJU, *La petite Chartreuse* (76)
Daniel PENNAC, *La fée carabine* (102)
Luigi PIRANDELLO, *Six personnages en quête d'auteur* (71)
Francis PONGE, *Le parti pris des choses* (170)
L'abbé PRÉVOST, *Manon Lescaut* (179)
Raymond QUENEAU, *Zazie dans le métro* (62)
Raymond QUENEAU, *Exercices de style* (115)
François RABELAIS, *Gargantua* (21)
Jean RACINE, *Andromaque* (10)
Jean RACINE, *Britannicus* (23)
Jean RACINE, *Phèdre* (151)
Rainer Maria RILKE, *Lettres à un jeune poète* (59)
Edmond ROSTAND, *Cyrano de Bergerac* (70)
SAINT-SIMON, *Mémoires* (64)
Nathalie SARRAUTE, *Enfance* (28)
William SHAKESPEARE, *Hamlet* (54)
SOPHOCLE, *Antigone* (93)
STENDHAL, *La Chartreuse de Parme* (74)
Michel TOURNIER, *Vendredi ou les limbes du Pacifique* (132)
Vincent VAN GOGH, *Lettres à Théo* (52)
VOLTAIRE, *Candide* (7)
VOLTAIRE, *L'Ingénu* (31)
VOLTAIRE, *Micromégas* (69)
Émile ZOLA, *Thérèse Raquin* (16)
Émile ZOLA, *L'Assommoir* (140)

Série Philosophie

Notions d'esthétique (anthologie) (110)

Notions d'éthique (anthologie) (171)

ALAIN, *44 Propos sur le bonheur* (105)

Hannah ARENDT, *La Crise de l'éducation*, extrait de *La Crise de la culture* (89)

ARISTOTE, *Invitation à la philosophie (Protreptique)* (85)

Saint AUGUSTIN, *La création du monde et le temps* – « Livre XI, extrait des *Confessions* » (88)

Walter BENJAMIN, *L'œuvre d'art à l'époque de sa reproductibilité technique* (123)

Émile BENVENISTE, *La communication*, extrait de *Problèmes de linguistique générale* (158)

Albert CAMUS, *Réflexions sur la guillotine* (136)

René DESCARTES, *Méditations métaphysiques* – « 1, 2 et 3 » (77)

René DESCARTES, *Des passions en général*, extrait des *Passions de l'âme* (129)

René DESCARTES, *Discours de la méthode* (155)

Denis DIDEROT, *Le Rêve de d'Alembert* (139)

Émile DURKHEIM, *Les règles de la méthode sociologique* – « Préfaces, chapitres 1, 2 et 5 » (154)

ÉPICTÈTE, *Manuel* (173)

Michel FOUCAULT, *Droit de mort et pouvoir sur la vie*, extrait de *La Volonté de savoir* (79)

Sigmund FREUD, *Sur le rêve* (90)

Thomas HOBBES, *Léviathan* – « Chapitres 13 à 17 » (111)

David HUME, *Dialogues sur la religion naturelle* (172)

DANS LA MÊME COLLECTION

PLATON, *Le Banquet* (109)

PLATON, *Apologie de Socrate* (124)

PLATON, *Gorgias* (159)

Jean-Jacques ROUSSEAU, *Discours sur l'origine et les fondements de l'inégalité parmi les hommes* (82)

Baruch SPINOZA, *Lettres sur le mal* – « Correspondance avec Blyenbergh » (80)

Alexis de TOCQUEVILLE, *De la démocratie en Amérique I* – « Introduction, chapitres 6 et 7 de la deuxième partie » (97)

Simone WEIL, *Les Besoins de l'âme*, extrait de *L'Enracinement* (96)

Ludwig WITTGENSTEIN, *Conférence sur l'éthique* (131)

NOTES

Composition Bussière
Impression Novoprint
à Barcelone, le 30 septembre 2011
Dépôt légal : octobre 2011
1er dépôt légal : mai 2010
ISBN 978-2-07-043864-8/Imprimé en Espagne.

239127